고작
 이 정도의
어른

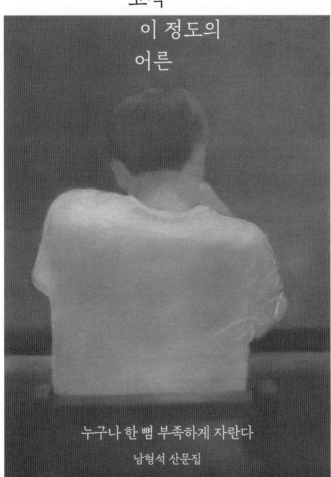

고작
이 정도의
어른

누구나 한 뼘 부족하게 자란다

남형석 산문집

RHK
알에이치코리아

마중

수식이 무용할 유일한 나이, 누구에게나 스무 살은 있다. 나에게도.

스무 살 전까지는 내내 갇혀 있었다. 폭력과 서열화가 춤 추던 학창 시절. 물음표를 이고 살 나이에 누구도 이유를 알 려주지 않는 사회를 이식받으며 지냈다. 내 친구들, 내 부모 가 그래왔던 것처럼. 그런 나를 스무 살이 해방시켰다. 뮤지 션 서태지 님의 표현을 빌리자면 '이 시꺼먼 교실에서만 내 젊음을 보내기는 너무 아까워'했던 내게 변태하여 날아오를 수 있는 하늘이 열렸다. 나비처럼. 폭죽처럼.

스무 살이 열어젖힌 20대는 수많은 물음표가 느낌표로 다림질되던 시절이었다. 대학 강의. 캠퍼스 라이프. 저만치 앞선 선배와 친구들. 제3세계 여행. 인문학 서적과 불온한 다큐멘터리. 심지어 군대까지. 독서실 한 칸에 갇혀 있던 배움의 영역은 무한대로 확장되었다. 밀물같이 밀려드는 첫 경험들의 파도가 폐를 적실 때마다 물에 젖은 아이처럼 흥분했다. 내가 어리다고 남들이 강제로 주입한 세계관을 내 온전한 자유의지로 해체하는 기분이라니. 나보다 더 지혜로운 사람과 책과 영화가 도처에 널려 있었다. 그들을 마주하며 흠모인지 질투인지 모를 감정을 끓였다. 닮고 싶어서, 넘고 싶어서.

그사이 나는 어느 방향으로든 성장하거나 성숙했을 테고, 20대의 끄트머리에서 그런 나에게 투자해보겠다는 회사가 나타났다. 나는 정규직 기자가 되었다.

그리고 10년이 지났다.

30대의 끄트머리에서 지나온 직장 생활을 게워낸다. 지루함만 반복됐던 학창 시절은 내게 영원히 돌아오지 않을 줄 알았는데 나는 어느새 지겨움을 체화하며 사는 인간으로 회귀해버렸다. 30대 삶의 굴레는 10대 학창 시절과 크게 다르지 않았다. 돈을 벌고 있다는 명제만 쏙 빼면.

학교 다니듯 출퇴근을 반복했고, 선생님 대하듯 상사와 선배들을 대했고, 자유의지보다 규범화된 세계관을 우선하며 지내왔다. '어떤 기자가 되고 싶은가'의 세계도 있었던 것 같은데 '조직의 구성원이라면 이래야 한다'의 세계가 늘 이겼다. 그런 나를 조직은 싫어하지 않았던 것 같다. 살려뒀으니까. 그렇게 30대가 저물었다. 좋은 기자가 되지도 못했고 즐겁게 살지도 못했다. 월급만 주룩주룩 받았다. 10년이 넘도록.

무엇보다 20대에 정립한 가치관을 일터와 일상에서 실천하지 못한 채 그저 살아졌다는 게 가장 부끄럽다. 스물한 살 때 터키의 한 워크캠프(work-camp)에서 '말의 동등함'으로 서른 살과 스무 살도 친구가 되는 광경을 목격하며 우리나라의 존댓말-반말 문화에 대해 되짚어봤다. 그러나 20년 가까이 되짚어만 봤다. 나는 여전히 후배에게 반말과 권위를 들이대며 그들에게 암묵적으로 존대하길 요구하는 상사로 살고 있었다. 성평등에 대해서도 대학 새내기 때부터 학습했지만 여전히 남성으로서 누릴 수 있는 그 어떤 것도 포기하지 않으며 살아왔다. 숱한 철학자들이 알려준 인간다움을 대학 도서관과 고시원 침대에서 이해하며 스스로 대견해했지만, 회사에서는 비인간적인 질서에 스스럼없이 편입해왔다. 또 많다, 이런 것들. 셀 수 없이. 20대에 발아한 자유의지는 지혜로 무성한 30대를 기약했지만, 결국 나는 고작 이 정도의 어른으로 자랐다.

왜 그랬을까. 인간은 자기합리화를 못 하면 죽어야 하는 존재이기에 나 역시 탓할 거리를 찾아냈다. 다 '사회생활'이란 무서운 괴물 탓이었다. 사회생활이 존재를 집어삼켰다. 그걸 잘하고 싶도록 나는 길러졌다. 남성끼리 모이면 야한 얘기를 잘하고 싶었다. 술자리에선 누구보다 오래 살아남고 싶었다. 뒷담화를 많이 듣는 동료가 생기면 뒷담화를 생산하는 다수의 편에 서고 싶었다. 남다른 사람이기보다 조직 문화에 잘 적응한다는 평가를 듣고 싶었다. 별로 친하지도 않은데 '형님' 거리고 살가운 척하면서 인맥을 뚱뚱하게 늘려가고 싶었다. 동료들과 비슷한 수준의 차와 집도 갖고 싶었다. 순수한 정의보다 불의가 살짝 묽혀 혼탁해진 정의의 무리에 섞여 있는 게 편했다. 아무도 내게 그러라고 강요하지 않았다. 스스로 그런 사람으로 살았다. 나는 원래 안 그런데, '사회생활' 해야 하니까.

그렇게 직장 생활에 적응하다 보니 일사불란한 삶에 익숙해졌다. 때론 그 익숙함에서 벗어나고 싶다고 아우성쳤지만 말뿐이었다. 솔직히 말하자면 가장 자신 있는 분야였다. 적응, 사회생활, 인간관계와 같은 것들. 어릴 적부터 여섯 식구가 한 집에 모여 살고 중학생 때까지 삼촌과 한 방을 썼다. 명절이면 서른 명의 친척 사이에서 내 위치와 역할을 알아서 찾아내야 했던 종갓집 종손이었다. 관계에 대해서는 체화될 대로 체화된 인간이다. 이마저도 누군가에겐 부러움의 대상일 테니 감사할 일이지만. 그렇게 내가 잘하는 걸 하며 회사를 다니다 보니 어느덧 30대가 끝나버렸다. 그 사이 더 비겁해졌고, 늙어버렸다. 월급의 직사광선만 쬐었던 정신머리는 신선함을 잃고 빠른 속도로 썩어갔다.

10여 년 전, 스물아홉 살의 나로 가끔 돌아가본다. 생의 여름에 진입했다며 뜨겁게 땀 흘릴 준비를 하던 봄의 서투름이 묻는다. 넌 지금 뭘 위해 땀 흘리고 있니?

'잘 살려고. 잘 살기 위해서.'

그래서. 잘 살고 있니?

'응….'

'아니다. 아니.'

 30대는 그렇게 흘러갔다. 정체 모를 무력감만 학습하던 10대처럼 살았다. 삶의 모양이 계단이 아닌 폐곡선이라면, 주기가 있고 그게 반복된다면 40대는 다시 20대처럼 살고 싶어졌다. 무슨 동기였는지 정확히 설명하긴 힘들다. 직면했던 순간순간마다 다른 동기가 있었고, 그것들이 차올라 결심의 물꼬로 날 흘려보냈을 테니까.

 나는 우선 나의 자유의지를 가로막은 '익숙함'부터 걷어내보기로 했다. 응당 그래왔던 것들에 대해 다시 물음표를 던지고 답을 구한 뒤 그것대로 실천하며 살아보기로 했다. 사회생활 따위 안 해도 된다. 뭘 더 잘 돼보겠다고 꼬박꼬박 사회생활까지 해왔을까. 더 잘나가기 위해 만나야 할 사람보다 내가 좋아하는 사람부터 만나며 살기로 했다. 일로 만난 사람에게 더는 형님이라고 부르지 않기로 했다. 성공의 조급함을 버리고 20대 때처럼 다시 지혜로운 사람과 책을 찾아 나서며 질투인지 흠모인지 모를 감정을 천천히 끓여보기로 했다. 싫어하는 종류의 술은 눈앞에 사장님이 있어도 마시지 않기로 했다. 진짜 축하하고 싶은 결혼식장만 가기로 했다. 사내 뒷담화를 생산하거나 유통하는 회사 단체 카톡방들에는 더는 가담하지 않기로 했다. 그러다 배제될 조직이라면 나가는 게 맞다.

그리고 그렇게 성공하기 위해 들이붓던 에너지를, 앞으로는 나를 더 세심하게 들여다보는 데 쏟기로 했다. 사회적으로 괜찮게 사는 사람처럼 보이기 위해 애쓰는 사이 진짜 나를 찾는 일에는 한없이 소홀해져 왔다. 그 괴리의 어딘가에서 머뭇거리다가 생의 한 시절이 저물었다. 뒤늦게나마 '길러진' 내가 아닌 원래 그대로의 내가 어떤 모습인지 궁금해졌다. 몸집에 맞지 않는 옷에 몸을 맞추려 낑낑거리기보다, 내 몸을 유심히 관찰하고 맞춤옷을 기워나가듯 살고 싶어졌다.

울보인 내가 어른이 된 뒤로는 남들 앞에서 왜 단 한 번도 운 적이 없었는지, 어느 순간에 나는 가장 화를 많이 냈던 사람인지, 그땐 몰랐지만 돌이켜보았을 때 내 삶의 행로를 바꾸어준 순간은 언제였는지, 그리고 진짜 나를 키운 것들이 무엇인지, 하나씩 되짚어보고 그 까닭을 좇아나가기로 했다. 조금 늦은 것도 같지만, 여태처럼 나에게 귀 기울이지 않은 채 살아가기엔 나로 살아가야 할 날들이 앞으로 너무 많이 남아 있으니까. 결코 더 나은 사회를 위해서가 아니다. 그저 더 나은 나를 위해서다.

이 책은 이렇게 다짐한 뒤로 살아온 날들에 대한 자유롭고도 불온한 체험기이자 한편으로는 몸부림치지 않고 그저 살아진 옛날에 대한 여과 없는 반성문이다. 익숙함 뒤에 숨어 이미 구한 삶의 정답조차 실천하지 못하고 살았던 30대를 돌이켜보고, 깨달은 대로 실천하기 위해 뒤늦게나마 발버둥 쳤던 순간의 리듬을 삶의 악보에 새긴 늦깎이 어른의 변주곡이다. 거기에 계절이 지나고 나서야 알게 된 지난날의 의미, 그리고 아이를 얻고 난 뒤에 다가온 세상에 관한 소박한 기록을 덧대었다.

우습게 들릴지 모르겠지만 책을 내기까지 무릇 용기가 필요했다. 매일 남들이 볼 뉴스를 생산하는 직업을 가졌으면서도 누군가 내 이름이 적힌 책을 사서 섬세하게 읽어주고, 또 무언가를 얻어갈 수도 있다는 게 이렇게까지 두근거리고 동시에 두려울 줄은 미처 몰랐다. 게다가 하필 부끄럽게 살아온 날들을 활자로 진열해놓는 작업이니 마치 학창 시절 쓴 일기를 누군가와 함께 꺼내어 보는 기분이 들어 더욱 창피할 것만 같았다. 누군가에겐 내 지난날의 민낯을 들킬 테고 또 누군가에겐 내 식견의 공백이 빤히 읽힐 테니까. 부끄러울수록 과대 포장을 하게 되고, 과대 포장을 할수록 더 부끄러워지는 악순환의 덫에 빠지는 건 아닐지 글을 쓰는 내내 조마조마했다. 그래도 '어른됨'을 고민하는 누군가에게 나의 조촐한 기록이 해결책은 못 되어도 선택지의 역할 정도는 할 수 있지 않겠냐는 기대로, 글을 책으로 엮는 일에 동의했다. 용기 내도록 도와준 분들께 감사한 마음이다.

나는 쓰는 일을 멈춘 적이 없고, 앞으로도 그럴 생각이다. 창피하든 자랑스럽든 그 찰나를 포집하는 일만큼은 주저하지 않을 것이다. 미숙함은 언제나 가장 성숙한 글감이며, 불완전한 오늘을 삶의 좌표에 온전히 기록하는 일이야말로 먼 훗날의 나에게 건네는 최선의 유산일 테니까. 부디 미래의 내가 지금 이 책의 어느 대목을 보며 부끄러워하도록 한 치라도 더 자라고 성숙했으면 좋겠다.

차례

1장

당연하다는
　　　　착각

내가 잘 보여야 할
사람들

인맥, 어디까지
쌓아야 하나요?

"오늘 술 한잔 할래?"
팀장이 물었다.

"약속이 있어요."
"누구랑?"
"동네 친구들이랑요."

팀장은 한심하다는 듯이 날 쳐다보더니 덥석 어깨를 걸
치며 조언했다.

"너 잘나가는 기자가 되고 싶니? 그러려면 동료 기자와 취재원 말고는 아무도 친구가 없어야 해. 기자는 그래야 성공할 수 있어."

사회 초년생 시절, 전 직장에서의 일이다. 아마도 삶의 에너지를 취재원 늘리는 데 전부 쏟아야 한다는 의미였을 것이다. '내 성공에 별반 도움이 안 되는' 오랜 친구들의 얼굴이 하나씩 머릿속을 스쳐 지나갔다.

5년 뒤, 지금 직장에서 보도국 호프데이가 열렸다. 사내 기자 동료들이 한데 모이는 날이었다. 레크리에이션 진행을 맡은 동료는 분위기를 띄우기 위해 게임을 제안했다.

"이름하여 '인맥 깡패' 게임입니다. 다들 휴대전화를 들어 올리세요. 카톡 친구가 가장 많은 사람이 이기는 겁니다."

보도국의 에이스로 이름난 모 선배가 4천몇백 명의 카톡 친구들을 등에 업고 당당히 1위를 차지했다. 나는 조용히 테이블 밑으로 휴대전화를 꺼내어 카톡 친구 숫자를 확인해봤다.

기자들은 인맥을 중요시한다. 취재원 관리는 업무 역량과도 직결되기에 기자 초년생 시절은 인간관계를 부단히 넓혀가는 과정의 반복이었다. 스마트폰에 저장된 연락처가 천 명에서 2천 명으로, 3천 명으로 늘어갈 때마다 고된 사회생활의 보상을 얻은 듯 흡족했다. 별로 친하지도 않은 사람들과의 술자리로 꽉 차 있는 캘린더를 보면서도 '내가 사회생활 잘하고 있구나'라며 위안 삼았다. 가끔 유명한 취재원과 친해지기라도 하면 사석에서 '그 형님 만나본 썰'을 신나게 풀어대기도 했다.

잘나가는 사회 선배들 역시 최대한 '얘기되는' 사람들을 많이 만나라고 하나같이 조언했다. '얘기되는 사람'이란 뉴스거리가 될 만한 인물을 이르는 언론계의 은어다. 각 언론사 기자끼리 모인 술자리에서는 유명인사와 어떻게 친해졌는지, 인맥이 어디까지 넓은지에 대한 무용담이 이어지곤 했다. 동료 기자들은 아는 경찰과 검사를 '형님'이라 부르고 국회의원을 대뜸 '선배'라고 칭하며 친분을 과시했다. 친밀감이 충분히 스며든 다음 편한 호칭이 뒤따라야 정상일 텐데 기자의 생태계에서는 일단 호칭부터 밀착하고 보는 기현상이 도리어 보편화되어 있던 거다. 그렇게 나에게도 부모님이 낳아주지도 않은 '형님, 동생'들이 잔뜩 쌓여갔다. 친척도 아닌데 온갖 경조사는 다 챙기느라 주말에도 정장 입기에 바빴고 명절이나 새해가 되면 인사 메시지 주고받는데 반나절이 훌쩍 흘렀다.

비단 나뿐이 아니고, 비단 기자뿐만이 아닐 것이다. '형님 문화'는 우리 사회의 복잡한 네트워크를 가장 단순하게 집약해주는 조어일지 모른다. '형님-동생, 선배-후배' 하며 유대감을 쌓아두면 언젠간 써먹을 데가 있는 사회라는 거다. 이렇게 인맥을 넓혀가는 데 시간을 쏟아붓는 사람들은 아마도 이런 성공 방정식을 계산하고 있지 않을까.

'일단 최대한 아는 사람을 많이 만들어둔다 — 어쩌다 아는 사람이 잘된다 — 나를 끌어주면 나도 덩달아 성공!'

틀린 공식 같지는 않다. 이런 식으로 잘된 분들 여럿 봐왔으니.

직장 생활 11년 차. 마흔에 가까워진 나이. 어쩌면 이제껏 뿌린 인맥의 씨앗을 조금씩 거두어들이기 시작할 최적의 수확기가 다가오고 있는지도 모르겠다. 그런 중대한 시기에 하필 태생적인 반골 기질이 철모르고 발휘되고 있다. 대답하기 부끄러운 몇 가지 질문 앞에 뒤늦게야 놓인 탓이다.

먼저, '왜' 그토록 인맥을 쌓고 싶어 했을까. 어렵지 않은 질문이었다. 잘나가고 싶었으니까. 잘나가는 것처럼 보이기라도 하고 싶었으니까. 좋은 기자가 되려면 한없이 사회의 밑바닥으로 시선을 향해야 하는데 반대로 나는 '더 잘나가는' 형님과 선배들을 향해 고개를 추어올리며 기자 생활을 하고 있었다. 약자들을 위한다면서 실상은 강자들과 어울리는 걸 즐겨왔다. 가끔 그들에게 특종 기사를 얻어내기도 했지만 그저 기자들 사이에서 으스대기 좋은 정도였을 뿐 결코 사회를 바꾸는 기사들은 아니었다. 그러니까 내가 애써 인맥 관리를 해온 이유는 업무보다는 사적인 욕심이 더 컸다는 거다. 좋은 기사를 쓰기 위해서가 아니라 잘나가 보이고 싶어서.

목적이 불순하다 보니 비슷한 목적을 가진 사람들만 곁에 모여드는 것도 문제였다. 어느 순간부터인지 거래를 제안하는 사람들에게 둘러싸여 산다고 느끼기 시작했다. "이거 해주면 넌 뭘 해줄 수 있어?" 혹은 "형이 잘되면 너 어떻게 어떻게 해줄게"라며 어깨를 걸치는 류의 사람들이 주변에 하나둘 늘어갔다. 그들과의 대화는 늘 진심보다는 기술이 앞섰다. 그들에게 배울 수 있는 삶의 지혜란 '어떻게 살 것인가'와는 거리가 먼, '어떻게 하면 예쁨 받는가', '어떻게 하면 유리한가' 정도에 그칠 뿐이었다. 나부터 인간관계를 전략적으로 접근하니 당연한 귀결이었을 터이다.

목적이 뚜렷한 만큼 손절도 빨랐다. 이해관계가 틀어지거나 서로에게 필요가 없어지면 갑자기 연락이 뜸해지기 시작했다. 나도 그랬고 남들도 내게 그랬다. 관리 대상인가 아닌가를 따져 인간관계를 맺고 끊는 나날들이 반복됐다. 그러다 보니 거대한 인간관계의 거미줄에서 내가 탈락할까 봐 늘 초조해하며 살아야 했다. 명함 지갑이 뚱뚱해질수록 나는 한없이 작아지고, 비겁해지고 있었다.

그러다 어느 순간부터는 인맥을 쌓는 게 정말 잘나가기 위한 '효율적인' 방식인지도 뒤늦게 의심이 들기 시작했다. 밤마다 싫어하는 소주를 들이키며 "이건 술이 아니라 정이다"를 외치고, 내가 돌봐야 할 사람보다 나를 돌봐줄 사람에게 더 정성을 쏟아부으며 살아왔던 무수한 시간들. '이 많은 사람 챙기는데 누구 하나는 걸리겠지, 누구 한 명은 내게 큰 도움이 되겠지'라는 가냘픈 보상심리에 지나치게 인생을 기댄 건 아니었을까? 자존감과 건강을 해치면서까지 말이다. 로또 1등에 당첨된 사람을 보며 덩달아 로또를 사듯, 인맥으로 성공한 소수의 신화를 부러워하며 내 소중한 나날을 흩뿌린 것만 같았다.

만약 그동안 인맥을 쌓는 데 쓴 시간과 에너지를 다른 데 썼더라면 난 지금 어떤 사람이 되어 있을까? 그 어떤 경우를 상상해봐도 지금보다는 나을 것 같았다. 적어도 지금까지는, 인맥 관리로 거둔 효과는 '0'에 가까웠으니까. 그 시간 동안 나 스스로를 유심히 들여다봤다면 지금보다 한 뼘이라도 더 성숙한 어른이 되어 있었을 것이다. 스마트폰 주소록 대신 머릿속에 지식을 쌓기 위해 책을 더 읽었다면 지금보다 훨씬 깊이 있는 기자가 되어 있었을 것만 같다. 성공의 신기루 대신 꿈을 좇았다면 지금은 상상만 하는 삶을 이미 살고 있었을지도 모른다.

마흔을 앞두고, 그동안 당연한 명제로 여겼던 '인맥 관리'를 이제는 그만두기로 했다. 더 이상 인간을 쌓거나 넓히는 대상으로 활용하고 싶지 않다. 그저 개별로의 인간 주체와만 관계를 맺으며 살아가려 한다. 잘나가려는 희박한 가능성보다는 또렷이 나의 성장에 도움이 되는 것들에 시간을 집중하고 싶다. 나에게 이득이 아닌 영감을 주는 사람을 좇아다니며 인맥이 아닌 인격이 폭넓은 40대로 커나가고 싶다. 그런 나로 이끌어줄 이는 알고 보니 오랜 친구일 수도, 책이나 음악 속에 있을 수도, 어제 우연히 만났을 수도 있다. 무엇보다 밑도 끝도 없이 "내 편이 될 거냐"고 묻는 사람, 내게 장밋빛 약속을 던지는 사람들을 멀리하며 지내기로 했다.

톨스토이의 단편 〈사람에겐 얼마만큼의 땅이 필요한가〉를 최근 다시 읽은 적이 있다. 소설 속 바홈은 평생 다시 밟지도 못할 땅을 조금이라도 더 가지려 걷고 또 걷다 죽는다. 고등학생 시절 처음 읽었을 때는 '나 같으면 적당히 걷다 돌아왔을 텐데'라고 생각하고 말았지만, 지금 와서 보니 바홈에게 땅은 내게 있어 인간관계와도 같다고 느껴졌다. 평생 몇 번 보지도 않을 사람들을 쌓고 또 쌓느라 애쓰다가 죽어버릴 것 같은 섬뜩함이 소설 읽는 내내 나를 덮쳤으니까. 사람에겐 하루 일구고 밭을 갈 수 있는 약간의 땅만 필요하듯 결국 내 삶을 이루는 사람들은 주변의 몇 명, 많아야 몇십 명 정도일 것이다. 내가 잘나갈 때야 누구든 옆에 붙겠지만 가장 외로울 때 비로소 커다란 존재로 나를 감싸 안아줄 몇몇의 사람들 말이다. 그 소수의 사람들만이 내 인생을 증명하고 행복을 좌우할 터이다. 명절마다 문자를 보내고 애써 식사 약속을 잡으며 아껴야 할 사람들, 그러니까 내가 '잘 보여야 할' 사람들은 바로 그들인 것이다.

한밤중에 온
부장의 카톡

부장과

다투고 난 뒤

기자들은 자주 싸운다. 나도 그렇다. 취재원과, 관료 조직
과, 기업과. 그중에서 가장 독특한 건 '상사와도' 종종 싸운
다는 거다. 나는 그게 특권처럼 느껴졌다. 사무실에서 부장
과 부원이 큰소리로 다투는 모습, 다른 조직에서는 흔치 않
은 풍경일 테니까. 기자는 윗선에서 일을 지시받기보다 스
스로 취재해서 윗선으로 일을 올리는 구조이니만큼 그런
문화가 한 숟갈 허용된 것 같다. 기사의 주인공은 부장이나
데스크(차장)가 아닌 현장 취재기자니까, "내 생각이 맞다
니까요"라고 큰소리칠 업무적 지분이 아랫사람일수록 더

큰 거다.

그렇다고 모든 기자가 싸우는 건 아니다. 주로 정의감이
넘치는 기자이거나 잘 '욱하는' 기자들이 상사와 잘 부딪히
고는 한다. 난 후자에 훨씬 가까웠다. 물론 부장마다 대응하
는 방식도 천차만별이다. 크게 화내거나 아예 인사 조치를
내버리는 부장이 예상대로 많고, '기자는 그럴 수 있다'라며
받아들이는 부장이 소수다. 그래도 10년 넘게 안 잘리고 다
니고 있으니 이런 조직문화에 고마운 마음도 든다.

부장과 숱하게 다투었던 경험 중에 지금껏 잊히지 않는
한순간이 있다. 때는 회사가 엄혹하던 시절. 공정방송을 위
한 6개월의 파업이 허무하게 끝나고, 파업에 참여했던 기자
들이 몇 년에 걸쳐 하나둘씩 마이크를 빼앗길 즈음이었다.
그날 나는 어떤 기업의 갑질을 고발한 기사를 썼다. 기사를
보내놓고 기다리니 잠시 뒤 "출고했다"는 A부장의 말이 떨
어졌다. 그런데 내가 쓴 기사의 절반이 날아가고 표현은 죄
다 순화되어 있는 게 아닌가. 나름대로 기사의 요건을 잘 갖
춘 기사를 써 올렸다고 생각했는데 방송 두 시간을 앞두고
기사가 초토화된 거다.

누가 옳고 그르냐를 떠나 대부분 기자들은 이럴 때 자괴감과 분노를 느낀다. 내 취재와 필력이 부족해서인 경우가 더 많지만 당시에는 다른 정황이 감지됐다. '민감한 기사'는 부장보다 더 윗선에서 좌지우지되던 때였다. 때마침 방송을 앞두고 내가 고발하려던 회사의 임원까지 보도국을 찾은 상황. 아마도 A부장은 윗선의 제어를 받은 모양이었다.

그렇다고 A부장이 이해되지 않는 건 아니었다. 적어도 내게 '이 기사 방송에 못 나가'라고 하진 않았으니까. 엄혹한 시절임에도 기자의 기사를 최대한 보호하면서 윗선과도 어느 정도 타협을 본 듯했다. 기사가 보도되는 조건으로 몇몇 문장을 빼고, 기업을 저격한 단어를 순화하는 방식으로 말이다. 윗선과 평기자의 의견 조율은 부장의 임무이기도 하다.

"이렇게 내가 고친 대로 읽어. 아니면 이 기사 못 나가."

A부장은 단호하게 말했다. 나를 위로하지도, 그렇다고 '위에서 시켰어'라며 둘러대지도 않았다. 비겁한 방식은 피한 셈이다. 책임자의 지위에 있으면서도 자꾸 윗사람 핑계

대거나 불쌍한 표정 지어가며 후배에게 동정심을 요구하는 상사도 많이 봐왔으니 그것보단 훨씬 나았다. 나는 그를 이해했지만 그럼에도 싸우기로 했다. 그게 평기자인 내가 할 일이라고 여겼다. 이렇게 기사가 나가면 나를 믿고 자료를 다 건네준 취재원 얼굴을 어떻게 보겠는가.

"읽지 않겠습니다."

나는 짐을 싸서 사무실 밖으로 나갔다.

여기서 우리 조직의 순기능은 발휘되기 시작했다. 내 팀장은 부장에게 달려갔고, 부팀장은 내게 달려왔다. 짠 것도 아닐 텐데. 부팀장(사회부 바이스캡)은 집에 가려는 나를 "일단 천천히 다시 생각해보자"며 복도 벤치 어딘가에 앉혔다. 같은 시각 팀장(사회부 캡)은 부장에게 단 한 문장이라도 기자의 생각을 더 반영해주자며 설득한 듯했다. 10분 뒤, 나는 사무실로 돌아왔다. "아무리 화가 나도 기사가 나가는 게 나은 거 아니냐"는 부팀장 말에 마음을 바꿨다. 사무실에 와보니 기사는 조금 더 내가 생각한 방향대로 바뀌어 있었다. 결국 고친 대로 읽었고 뉴스 끄트머리에 보도되었다. 부장과 나는 눈도 한 번 마주치지 않은 채 퇴근했다.

그날 밤은 잠이 오지 않았다. 화가 덜 풀려서가 아니었다. 그 순간 내 판단에 대한 경우의 수를 끊임없이 복기해야 했다. 기사를 읽는 게 맞았나? 하루라도 미루고 다시 설득해볼걸. A부장한테 화를 낸 건 옳았나? 분명히 그는 기사를 고쳤지만 나가도록 지켜줬는데. 나는 더 윗선에게 화낼 용기가 없어서 부장에게 분풀이한 건 아니었나….

복잡한 마음의 끝에서 A부장에게 메시지를 보내기로 했다. 자존심 때문에 죄송하단 말을 하지 말까 끝까지 고민했지만, 그 말을 하지 않으면 내 마음을 온전히 전하기까지 너무 둘러 가야 했다. 결국 '부장님도 여러모로 힘드셨을 텐데 철없이 굴어서 죄송합니다…'로 시작되는 몇 줄의 문자를 보냈다.

그리고 몇 분 뒤에, 카톡이 울렸다.

"너는 기자로서 할 걸 했고, 나는 부장으로서 할 걸 했다. 우리 그걸로 된 거다."

카톡을 받은 뒤 잠이 더 달아났다. 엄혹한 시대에도 꽤 괜찮은 팀에서 일하고 있다는 흐뭇함이 잠을 대신해 피곤을 달랬던 것 같다. 그날 밤이 지나고도 A부장과 나는 이전처럼 부서 생활을 했고, 나는 어떤 불이익도 강제된 불편함도 요구받지 않았다. 도리어 그해 인사 평가를 예년에 비해 조금 더 좋게 받았다. 내가 스스로 평가한 것보다 더.

A부장의 카톡 메시지는 스마트폰을 바꾸며 사라졌지만 굳이 놔둘 필요까지 없었다. 기록이 없어도 선명하게 기억하고 있으니까. 그 이후로 A부장보다 더 적극적으로 팀원을 보호하는 고마운 부장도 만나봤고, 내 경우는 아니더라도 기자의 기사를 지켜주려다 보도국에서 쫓겨난 존경스러운 부장들도 간접적으로 경험했다. 하지만 리더가 조직원에게 전해야 할 '메시지'에 대해서만큼은 그 순간 가장 단명하게 배울 수 있었다. 그런 멋진 경험 앓이를 했기에, 아직도 난…

상사와 종종 싸운다.

하루에 말이
몇 번이나 끊길까

몇 년 전, 회사 밖에서 한 후배와 열띤 토론을 벌이던 중이었다. 서로 양보하기 힘든 주장을 펼치다 후배가 외쳤다.

"선배, 말 좀 끊지 마세요!"

으잉? 내가 말을 잘라먹고 있었다고? 전혀 인지하지 못하고 있던 사실이었다. 열띠었던 토론은 어찌어찌 마무리되었지만, 후배의 외마디는 잔상처럼 가슴에 남았다. 나는 말을 자주 끊는 사람인가? 얼마 후 가장 솔직하게 대답해줄 친구에게 물었더니 눈을 동그랗게 뜨고 되묻는다.

"당연하지. 몰랐어?"

설마 진짜 모르고 물었냐는 듯한 친구의 태도에 나는 한
껏 쪼그라들었다. 진짜 몰랐다. 나름대로 기자 아니었던가.
남의 얘기를 누구보다 귀 기울여 들어야 하는 직업.

그런데 곰곰이 이 직군의 동료들을 짚어보니 나만 그런
건 아닌 것 같았다. 기자들은 대개 성격이 급하며 그걸 자랑
처럼 아는 경우가 많다. 매일 뉴스를 생산해야 하니 아무래
도 빨리빨리 일을 해치우는 역량이 요구되긴 한다. 신중하
고 인내로운 동료들도 왕왕 보이지만 그들은 빛나지 않는
경우가 더 많다. 그렇게 성급이들끼리 우글우글 모여 있다
보니 보도국에서의 대화는 회의든 잡담이든 마침표가 거의
찍히지 않는 편이다. 누군가 말을 하면 끝나기도 전에 꼭 누
군가가 잘라먹는다. 끝까지 남의 얘기를 다 들은 뒤 말을 하
려면 아마도 그 대화에서 단 한마디도 못 꺼낼 확률이 높다.

그래서인지 갑자기 궁금했다. 내가 하루에 나누는 수많
은 대화 중에 얼마나 많은 말이 마침표를 찍지 못하고 잘려

나갈까. 궁금하면 못 참는 성질머리인 나는 하루 날을 잡아서, 서로가 서로의 말을 잘라먹는 횟수를 한번 세어보기로 했다. 이 엉뚱한 실험의 결과는 몇 년 전 일이니 지금 부서와는 무관하며, 과학적·사회적으로 전혀 유의미하지도 않으며, 위에서 종알거린 기자 직군의 특수성에 기인했을 수도 있다. 다만 다른 직장에서도 보편적으로 적용되는 법칙인지 궁금하기는 하다.

실험 당일. 침대에서 눈 뜨자마자 부리나케 일정표부터 확인했다. 오전 9시에 부서 회의, 점심 약속, 오후에 타 부서와 회의, 직장 동료와 커피 타임, 저녁에 선배 한 명 포함한 동료 네 명의 술자리. 실험을 하기에 완벽한 하루였다. 오늘 하루, 누군가의 말이 내 눈앞에서 끊길 때마다 포청천처럼 가차 없이 작두를, 아니 바를 정(正)자를 소심하게 종이에 휘갈기리라. 그런데 말 마디와 마디 사이에 잽싸게 끼어드는 경우는 어떡하지? 그 정도는 그냥 봐줘야겠다. 내 맘이니까.

먼저 오전 회의 시간. 회의록 밑에 빈 A4용지를 야심 차게 숨겨두고 테이블에 앉았다. 여기에 오늘 하루 正자가 몇

개나 그어질까. 나는 반장 선거처럼 사람별로 말 끊는 횟수
를 적기로 했다. 회의가 시작됐다.

"선배, 어제 뉴스에서요….."
"아, 잠깐. 어제 국장이….."

와아. 회의 시작 3초 만에 正자 한 획 추가. 득 본 것도 없
는데 괜히 회심의 미소를 지었다. 그 후로 회의에 최선을 다
해 집중하…는 척하면서 매의 귀로 서로에게 오가는 말끊
김만 살폈다. (근데 매가 귀도 밝은가…?) 30분간 회의가 진행
되는 동안 빈 A4용지에는 正자가 쉴 새 없이 그어졌다. 처
음 말을 끊을 때 쓰였던 '아, 잠깐'이란 화제전환형(?) 수사
는 그나마 정중한 방식이었다. 적어도 '내가 당신 말을 끊겠
다'는 의사 표시는 해준 거니까. 그 후로는 거의 그런 의사
표시조차 없이 말이 사정없이 끊겼다.
　　이윽고 회의가 끝났다. 참석한 인원은 나 빼고 여덟 명.
正의 획수는 총 29번. 그러니까 대략 한 사람당 서너 번,
1분당 한 번꼴로 말이 끊기는 회의였던 거다. 아마 말 잘 끊
는 사람으로 비공식 인증된 나까지 회의에 열심히 가담했

다면 正字가 훨씬 늘어났으리라. 그중 가장 눈여겨봄직했던 점은 완성된 正字 5개가 한 사람의 이름 옆에 그어졌다는 사실이다. 그러니까 29번 중 25번을 단 한 사람이 말을 끊은 셈이다!

이후 점심 약속은 선배 두 명과 함께 했지만 허무하게 마무리되었다. 밥을 먹다가 正字 새기는 걸 도중에 까먹어버린 탓이다. 중간부터라도 다시 세어둘까 고민했지만 그러기엔 냉면이 철모르고 지나치게 시원했다…. 실은 미션을 깜빡할 만큼 대화에 흥미와 편안함을 느꼈던 걸지도.

배를 채우니 다시 전의가 불타올랐다. 마음을 다잡고 타 부서와의 합동 회의에 참석했다. 이미 正字가 29획 새겨진 A4용지를 다시 회의 자료 밑에 깔아두었다. 역시 회의보다 말이 잘라먹히는 순간에 더 신경세포가 쏠렸지만, 20분 가까이 진행된 회의에서는 말 끊김을 단 세 차례밖에 적발하지 못했다. 최고참 상사가 두 번, 중간급 직원이 한 번. 이 정도면 배려가 강물처럼 유유히 흐르는 회의였다고 볼 수 있다.

왜 오전 회의와 달리 오후에는 다들 서로의 말을 끝까지 들어줬을까? 한 '말 끊기' 전문가(접니다…)에 따르면 원인은 세 가지로 분석된다. 첫째, 오전 회의는 당장 오후 뉴스 제작을 위해 모였기에 다들 마음이 급했던 반면, 오후 회의는 장기 기획의 초기 단계 논의라 비교적 느긋했다. 두 번째, 아무래도 같은 부서원끼리일 때보다는 존중이 필요한 자리였으니까 서로의 말을 끝까지 듣는 '척'이라도 해야 했을 것이다. 그리고 마지막으로, 아까 오전 회의에서 25번 말을 잘라먹은 그분이 이번 회의에서는 빠지고 없었다…!

바쁜 업무를 끝내고 오후 커피 타임. 항상 신중하고 내 말을 잘 들어주는 모 PD와 회사 카페에서 만났다. 우리는 무려 35분간 수다를 떨고 헤어졌다. 회의가 아니니 正자가 새겨진 종이를 들고 가진 못했지만, 내 말을 잘라먹는 순간 친구라고 봐주지 않고 가차 없이 마음속에서 正자를 새길 요량이었다. 그런데… 그런데… 그는 35분의 긴 대화 내내 단 한 번도 내 말을 끊지 않았다! 이런 군자 같으니라고…. 대화를 마치고 엘리베이터를 타고 사무실로 내려오면서 생각을 곱씹었다. 왜 그를 만날 때마다 나는 편했고 맘속 이야기를 줄줄 꺼내놓을 수 있었는지.

여기서 끝냈어야 아름다웠을 텐데, 선배 한 명을 포함한 동료들의 저녁 술자리가 기다리고 있었다. 모두 네 명이 모인 술자리는 2차에 걸쳐 네 시간 동안 이어졌다. 술잔을 벌컥벌컥 들이킬 때마다 마음속으로는 기필코 正자를 놓지 않겠다고 다짐하며 버텼다. 이번엔 갤럭시노트 펜이 동원됐다. 네 시간 동안 내가 포착해낸 말 끊김은 30번. 검은 핸드폰 화면에 꽉 찬 正자 여섯 개가 추가됐다. 평균을 셈해보면 한 시간당 8번도 안 끊긴 꼴이니 생각보다 적다고 생각할 수도 있겠지만 실상은 그게 아니었다. 네 시간 동안 선배 외에 다른 세 명이 말을 시도한 횟수 자체가 극히 드물었기 때문이었다. 다들 기자였기에 할 말도 많고 말도 잘하는 달변가들이었지만, 나머지 세 명의 달변가는 후배라는 이유로 장장 네 시간 동안 거의 말을 꺼내지 않았던 것이다. 또 그렇게 어렵게 꺼낸 말의 대부분을 선배는 끝까지 듣지 않고 잘라먹은 셈이다. 30번 중에 후배들이 먼저 말을 끊었던 적은, 내가 포착해낸 바로는 단 세 차례뿐이었다. 그 주인공은 전부 나였다.

그렇게 하루를 보내고 집에 돌아왔다. A4용지에 삐뚤빼뚤 새겨진 오늘의 正자들을 흐뭇하게 바라보며 잠이 들었다. 그 이후로도 몇 달간은 말 끊김 현상에 꽂혀서 대화 때마다 얼마나 내 말이 잘라먹히는지, 나는 또 얼마나 타인의 말을 무심코 잘라먹는지 세어보는 데 집착했다. 어느 순간부터는 그런 기이한 관심이 식었지만 그사이 나는 '말 잘라먹는 사람들'의 도드라진 세 가지 공통분모를 발견할 수 있었다.

첫째로, 그들은 대개 '손윗사람'이었다. 지난 몇 달간 후배나 부하직원이 윗사람의 말을 잘라먹는 경우는 그리 자주 목격하지 못했다. 반면 선배(혹은 상사)들은 대체로 말을 끝까지 듣지 않았다. 존경스러운 상사건, 일 잘하는 상사건, 게으르고 무책임한 상사건, 공식 회의에서건, 사적인 점심 식사 자리에서건 마찬가지였다. 물론 그 와중에도 몇 명의 예외는 있었지만. 그리고 같은 사람이라도 자신이 후배 입장인 자리에서는 말을 끝까지 듣다가, 자리가 바뀌어 선배 입장이 되면 태도가 바뀌어 타인의 말을 끊는 경우도 있었다.

두 번째로, 그들은 '확신'형 인간들이었다. 자기에 대한 확신이 강하거나 지식과 경험에 관한 확신이 높은 사람들. 그들은 대체로 사사건건 다 안다고 생각하는 경향이 강해 보였다. 말을 끊을 때 시작되는 첫마디에 유심히 귀 기울여 보면 경험치에 대한 확신이 잔뜩 배어 있는 경우가 많았다.

"알아, 아는데", "내가 해봤는데" 같은 말들. 그런 분들에게 나는 두 가지를 말씀드리고 싶었(지만 꾹 참았)다. 뭔 말인지 알겠다고 했지만 잘 모르시는 것도 같다고. 그리고 나도 뭔 말인지 알 것 같은데 그냥 끝까지 듣고 있어주는 거라고. 당신의 논리가 아닌 내 체면 때문에.

마지막으로, 그들 대부분은 정작 남이 말할 때는 스마트폰을 보는 등 딴청을 피는 경우가 잦았다. 그러니까 잘 듣고 있지도 않았으면서 말은 말대로 끊는다는 거다.

그렇다면 이 글의 처음에서 '말 자주 잘라먹는 인간'으로 비공식 인증된 나는 저 세 가지 특성 중 무엇에 해당했던 걸까? 찬찬히 객관화해 볼수록 세 유형 모두에 속하는 사람 같았다. 나 역시 후배의 말일수록 이미 다 아는 것 같아 듣기가 귀찮았던 적이 많았다. 고민이든 업무에 관한 얘기든 서두만 들어도 그들의 생각이 어떻게 전개될지 빤히 보인다고 믿었다. 또 일을 빨리 추진해야 하는 순간일수록 내 말을 줄이려는 노력보다 남이 말하는 시간을 아끼고 싶은 욕구가 먼저 발동되어왔다. 마지막으로 남이 말할 때 멍하니 딴생각을 하는 고약한 습성도 계속 버리지 못하고 있다.

'말 잘라먹기' 관찰기를 마치며, 나는 몇 가지 결심을 했다. 먼저 나부터 달라져보기로 했다. 단번에 개선되기 힘들다면 나름대로 원칙을 세우고 지켜보기로. 가령 '한 사람 말을 두 번 연속으로는 절대 끊지 않기'라든지, '꼭 끊어야 할 땐 이유를 짧게라도 밝히고 미안함 전달하기'라든지.

결심을 한 지 벌써 몇 년이 지났지만 여전히 흥분할 때마다 원칙에서 벗어나곤 한다. 하루에 한 번이라도 남의 말을 끊지 않고 퇴근한 적이 없었던 것 같다. 특히 내 결심을 위협하는 천적, 바로 '말 장황하게 하는 사람'과 대화할 때는 정말이지 내가 그의 말을 빨리 끊어주는 게 대화에 참여한 다른 사람들까지 구해주는 정의라는 생각이 들기도 한다. 그래도 몇몇 그런 경우를 제외하면 나의 잘못된 대화 방식에 대한 인지 능력은 예전에 비해 조금씩 나아지고 있는 것 같다.

또 상사에게도 용기 내어 말해보기로 했다. 물론 '말 끊지 말라'고 대놓고 말한다면 그건 싸우자는 얘기밖에 안 될 터이다. 그래서 아무리 말해봤자 안 통할 것 같은 분들은 깔끔히 포기하고, 대신 널리 이해해줄 것 같은 선배들이 '업무상' 대화에서 내 말을 세 차례 이상 끊는 순간에는 '선배, 제

말을 일단 끝까지 해볼게요'라고 웃으며 말해보기로 했다. 관계가 어색해질 수도 있겠지만 그 한마디로 어색해질 관계라면 굳이 꾹 참으며 이어가고 싶지도 않다.

마지막으로, 남이 내 말을 끊고 싶다는 생각이 들지 않게끔 나 스스로 더 단순하고 간결하게 메시지를 전달하는 사람이 되도록 애써보기로 했다.

물론 남이 내 말을 끊어먹을 때는 참아주고, 대신 나 자신은 남의 말을 끝까지 들어주는 사람이 된다면 가장 완벽할 터이다. 그러나 그건 성격상 억울해서 못 하겠다. 다만 남에게 '말 끊지 말라'고 점잖게 요구하기 위해 나 스스로 부끄러운 사람은 되지 말자고 다짐을 거듭해본다. 조급함을 거두고 타인을 더 사랑하면 될 일이다.

직장 후배한테
쓰는 반말

이스탄불에서 집단으로 '한 달 살이'를 한 적이 있다. 국제교류 프로그램인 워크캠프 참가자 자격이었다. 커다란 구립체육관에 매트와 침낭을 깔고 단체로 숙식하며 지냈다. 18년 전 일이었는데 그때 생전 처음으로 외국인 친구를 만나봤다. 캠퍼들의 나이는 열여덟부터 서른 살까지 저마다 달랐지만 우린 전부 친구처럼 지냈다. 그게 처음엔 못내 낯설고 신기했다. TV에서만 보다가 눈앞에 처음 나타난 서양인들에게 난 가장 먼저 '왓츠 유어 네임?'을, 그다음으로 '하우 올드 아유?'를 물었다. 그리고 마음속에서 나이순으로 서열을 정한 뒤 나보다 나이가 많은 사람들에게는 이름 대신 '브라더', '시스터'라고 불렀다. 서양에서는 그냥 이름만 부르면 된다고 들었지만 차마 입 밖에 내기가 어려웠다. 예의 없어 보일까 봐. 그런 내게 돌아온 건 덩치 큰 서양 녀석들의 비웃음이었다. 며칠이 지나서야 나는 '비웃음당하기 싫어서' 건방짐을 꾹 참고 서양 형, 누나들의 이름을 불러대기 시작했다. 그러고 보니 그들은 나의 나이를 되묻지도 않았었다.

그들은 참 이상했다. 서른 살 큰형이라고 내게 훈계하지도 않았고, 나보다 두 살 어리던 동생도 내게 스스럼없이 장난을 쳤다. 물론 연속성이 없는 관계였기에 그랬겠지만 신선한 충격을 받았던 것만은 분명하다. 한국에서는 대학 두어 학번, 고교 2년 선배는 얼굴도 잘 못 쳐다봤는데. 서열화의 끝판왕 같던 고교 시절을 막 벗어난 때여서 그랬을 수도, 제사를 아홉 번씩 지내던 종갓집 출신 '유교보이'라서 더 신기해했을 수도 있다. 어쨌든 그렇게 한 달의 캠프를 마칠 무렵 어렴풋이 깨달았다. 인간은 나이가 달라도 친구가 될 수 있는 존재라는 걸.

그리고 한국에 돌아왔다.

모든 게 제자리였다. 다시 대학 선배들에게 깍듯해야 했고 그들의 이름만 부르는 건 상상조차 하지 못했다. 동아리에서 토론이 벌어져도 선배와는 불꽃이 튀지 않았다. 동기들끼리 치고받고 얘기하면 늘 선배가 한 차원 위에서 묵직한 목소리로 정리했다. 설사 동의하지 않는다 해도 그 분위기에 눌려야 했다. 불과 얼마 전 이스탄불에서는 서른 살 아저씨와도 거침없던 나였는데. 우리나라의 존댓말-반말 문화가 단순히 예의 차원이 아닌 권력과 복종의 문제라는 걸, 그렇게 비로소 깨달아갔다.

모르고 살면 몰랐을까, 깨닫고 나니 더 억울했다. 그저 나이 어리다는 이유로 대들면 건방져 보이는 사회라니. 물론 인생 경험은 존중받아야겠지만 그 대가로 언어의 권력을 한쪽에 일방적으로 몰아주는 건 문제가 있지 않은가. 그렇다고 선배들께 반말 찍찍 해대며 '새 질서를 세워보겠다'고 선언할 용기도 없었다. 결국 나부터 고쳐보자고 소심하게 생각했다. 곧 들어올 한 학번 어린 새내기 후배들에겐 나도 존댓말을 쓰거나 같이 반말을 쓰자고 할 심산이었다.

그런데 그것조차 얼마 가지 않아 흐지부지됐다. 처음 한

두 달은 꼬박꼬박 후배에게 존댓말을 썼는데 그럴수록 다른 동기들과 후배들이 한데 모인 자리마다 분위기가 어색해졌다. '너만 착해 보이려 하냐'는 비아냥도 더러 들었다. (실제로 착하면 모르겠는데 하나도 안 착해서 친구들 입장에선 더 가식적으로 느껴졌을 거다.) 더군다나 후배들도 "형(오빠), 그냥 반말하세요. 그게 더 편해요"라고 요구했다. 존댓말 쓰면 선을 긋는 것 같다나, 안 친해 보인다나. 결국 언제 끝냈는지도 모르게 나는 후배들과 다시 존댓말과 반말을 주고받는 사이가 됐다. 그들을 향한 내 입은 친해질수록 더 거칠어졌지만, 돌아오는 그들의 말은 아무리 친해져도 결코 선을 넘지 않았다. 결국 선배인 내 말이 험해질수록 우리 사이의 농도는 더 짙어지고 있다고 서로 믿어야만 했다.

한참이 지났다. 캠퍼스 생활을 끝내고 직장 생활까지 하면서 나는 스물한 살 때 깨달았던 존댓말-반말 문화의 폐해를 마음 깊이 묻어두고 한 번도 들추어보지 않은 채 살았다. 직장 선배들에게 '존대해달라'고 요구할 배포도 없었고 후배들에게는 지금 이대로가 편한데 굳이 바꿀 이유가 없었다. 무엇보다 조직문화의 틀을 굳이 뒷말까지 들어가며 깨고 싶지 않았다. 뭔가 잘못된 것 같지만 다들 이대로가 더 좋다는데 내가 뭐라고 균열을 내는가. 가끔 스물한 살의 나를 떠올릴 때면 부끄러움이 밀려왔지만 한숨 한 번 내뱉고 나면 금세 썰물처럼 빠져나갔다.

그러다 몇 년 전 어느 겨울, 인생의 계획이 바뀌었다. 동기를 자세히 밝히긴 부끄럽지만 나는 '시한부 회사 생활'을 하기로 마음을 굳혔다. 10년 안에는 무조건 다른 세계에 살고 있는 사람이 되기로 했다. 이 도시 말고. 이 직장 말고. 다 포기 못 하겠으면 적어도 이 직업은 말고.

결심을 하고 가족들에게도 양해를 구하고 나니 그제야 나의 지나온 회사 생활이 얼마나 비겁했는지 가늠되었다. '이게 맞다'고 생각해온 가치를 실천하며 산 적이 거의 없더라. '사회생활 하려면 어쩔 수 없다'는 무기력한 명제가 늘 정의의 늪에 한 발이라도 걸치려 하는 나를 건져 올려냈다. 덕분에 사회생활 꽤 잘했다. 이제 안 하리라. 그 첫 번째 과제로 나는 스물한 살, 이스탄불의 여름을 소환했다.

그 이후로 새로 만나는 모든 후배들에게 나는 존대하기로 했다. 아니면 함께 말을 놓자고 제안하기로 했다. 지금까지 맺은 인연은 어쩔 수 없더라도 새롭게 맺을 인연에는 오가는 언어에 불균형을 두지 않고 '말의 격식'을 동등하게 맞추고 싶었다.

간혹 '우리 회사는 원래 그런데?'라고 의아해하는 사람도 있을 테다. 그런 분들께는 언론사, 특히 기자 문화의 특수성을 설명드리고 싶다. 기자들은 수습 기간 동안 하루에 두어 시간도 채 못 자면서 선배들에게 혹독한 교육을 받는다. 경찰서 밑바닥을 훑고 다니며 한두 시간마다 한 번씩 '새로운 사건'을 보고해야 했고, 제대로 보고를 못 하면 폭풍 같은 욕설 세례를 듣거나 회사 복도 구석으로 불려가서 동기들과 열중쉬어 자세로 나란히 고개를 숙이고 있어야 했다. (다행히 지금은 거의 사라진 악습이다.) 어쨌든 그만큼 선후배 관계가 딱딱하고 일을 할 때도 1-2-3진의 보고 체계가 철저한 조직이다. 당연히 선후배 간에 서로 말을 놓거나 높이는 사례는 좀처럼 찾아보기 힘들다. 그저 지시 혹은 폭언이 끈끈하게 붙여놓은 기이한 형제애만 득실거릴 뿐.

어쨌든 결심이 섰고 실천하기로 했다. 막상 하려니 여러 경우의 수가 뒤따랐다. 여전히 사회생활에 대한 한 줌 미련이 남아서였을까. 먼저 '알던 후배와의 관계'가 문제였다. 길게는 10년 가까이 존댓말-반말을 써오다가 내 철학이 바뀌었다고 '우리 이제 서로 존대합시다'라고 선언하긴 어려운 노릇이었다. 관계란 건 일방적이면 안 되니까. 결국 그들이 느낄 불편을 고려해 원래 알던 후배에게는 반말을 유지하기로 했다. 다만 먼저 그들에게, 내게도 반말을 써주면 좋겠다고 이야기하곤 한다. 관성 탓인지 내 말을 신뢰하기 힘든 탓인지 그 이후 나에게 진짜 말을 놓기 시작한 후배는 거의 없다.

같은 의미에서 선배들과도 불편할 수 있었다. 우리 보도국에는 '네 생각이 정 그러면 나한테도 반말을 쓰렴'이라고 말해줄 좋은 선배들도 물론 많다. 그러나 역시 나는 '현상 유지'의 길을 택했다. 사실 이건 어렵지 않았다. 나만 바꾸면 되지 남까지 바꿀 필요는 없으니까. 그리고 '유교보이'라 선배에게 존대하는 건 전혀 불편하지도 불쾌하지도 않다.

역시 가장 어려운 과제는 직장 사람들이 섞여 있는 자리였다. 예컨대 '나-알던 후배-새로운 후배'가 한 자리에 있을 때. 나는 원래 알던 후배에게는 반말을 쓰면서 동시에 훨씬 더 어린 새로운 후배에게는 정중하게 존댓말을 하고 있었다. 또 '선배-나-새로운 후배'가 있을 때도 어색하긴 마찬가지였다. 내가 후배에게 존대하고 있으면 아무래도 다른 선배 입장에서는 눈치가 보일 테니까. 게다가 기자들은 선후배 간 술자리도 잦고 업무상 엮일 일도 많아서 그런 상황이 심심찮게 벌어졌다. 그때마다 나의 결심으로 다른 사람들이 어색해하는 게 눈에 보였다. 마음이 불편할 수밖에.

그렇게 2년이 흘렀다. 다행인지 불행인지 나는 지금까지 결심을 지켜오고 있다. 모든 걸 다 고려하면 세상에 바꿀 수 있는 게 뭐가 남겠냐는 생각으로. 다시 말하면 누군가에겐 반말을, 누군가에겐 존댓말을 하는 다른 관계를 한 조직에서 기이하게 유지하고 있다는 거다. 다만 후회하고 있지는 않다. 불편한 자리는 늘었어도, 적어도 젊은 혈기로 습득한 가치와 낡은 현실 사이의 괴리 어중간에서 우왕좌왕하던 지난날들보다는 한결 마음이 상쾌하다.

기자 생활하면서 선배들이 수차례 강조한 건 '파이팅'이었다. 선배들은 '기사는 너의 것이며, 기자는 윗사람과 당당히 싸워야 한다'고들 가르쳤다. 상사에게, 부장에게 대들지 않는 후배는 오히려 용기 없는 기자 취급하기도 한다. 그러나 한편으로 이 조직은 오로지 경험과 나이라는 잣대로만 서열화한 조직문화를 여느 다른 분야보다 오랫동안 고수하고 있다. 이 지점에서 나는 모순을 느낀다. '기자 정신'과 '서열화'라니. 나한테 반말하는 사람에게 존댓말 써가면서 어떻게 당당하게 싸우고 대들 수 있을까.

게다가 일부(어쩌면 대다수) 기자들은 선후배 관계가 아닌 보도국 내 AD, 서무, 작가 등 비정규직 직원에게도 나이가 어리면 반말을 쓰는 경우가 잦다. 물론 더 친밀해지는 계기가 될 수도 있고, AD와 작가분들이 오히려 그런 관계를 편하게 여길 수도 있다. 그러나 보도국의 압도적 다수이자 실질적 '갑'의 위치에 있는 기자들이라면 '우리 정말 친해서 그래'라는 차원보다 조금 더 신중하게 관계를 설정할 필요도 있지 않을까? '너는 내 식구라고 생각하니까 말을 놓는 거야'라는 생각 속에는 따뜻한 패밀리즘도 있지만 이를 빙자한 '패거리즘'도 함께 기생하고 있다는 걸 부인할 수 있을까? 말을 높이면 오히려 '우리의 이너 써클에서 널 배제하고 있는 중'이라는 신호가 되는, 그 암묵적인 친목의 카르텔 말이다.

물론 서열화가 무조건 나쁜 문화라고 생각하진 않는다. 하루 안에 새로운 뉴스를 생산해내기 위해서는 1분 1초가 시급한 만큼 일사불란하고 수직적인 조직 체계를 갖추는 일이 중요할 터이다. 또 선배에 대한 인정과 존중이 있어야만 이런 신속하고 효율적인 업무 체계가 유지된다고 생각하는 분도 계실 것이다.

틀린 말은 아니지만, 그런 분들께도 한 번쯤은 달리 생각해보시라고 권하고 싶다. 신속한 업무 체계를 유지하는 데 과연 언어 소통의 불평등이 필수 조건일까. 그리고 선배에 대한 인정과 존중 역시 언어 권력이 아닌 업무 능력과 인품에서 더 비롯하지 않을까. 나 역시 후배들에게 존중받는 선배이고 싶다. 다만 말이 아닌 다른 것들로 존중을 얻고 싶다. '아, 같이 일해보니 역시 선배는 선배구나'라고 평가받는 선배이고 싶다. 그러려면 지금보다 훨씬 노력해야겠지만, 말의 일방적인 권력으로 억지 대접을 받느니 내가 노력하는 편이 훨씬 속 편할 것만 같다.

잘나가던 팀원은
왜 나쁜 팀장이 될까

1.

이 글은 회사에서 20%도 안 되는 훌륭한 직원에게만 해당하는 이야기일지 모른다. 나머지 80%가 넘는 직원들은 잘나가는 팀원도 좋은 팀장도 되지 못하는 경우가 많기에. 이를테면 나처럼.

2.

잘나가는 팀원이 대개 팀장이 된다. 회사의 법칙이다. 우리 회사도 비슷하다. 보도국 팀장(부장)들을 보면 대개 누구나 인정할 만한 좋은, 잘나가는 기자들이었다. 그런데 최근 우리 보도국 분위기는 저기압이다. 시청률을 보면 성과도 좋지 않지만 그건 외적인 변수가 많으니 차치하자. 무엇보다 팀장들에게 실망하는 팀원들의 원성이 높다. '저 선배 안 그랬는데', '저분은 저럴 줄 몰랐는데'라는 한탄이 사무실의 낮은 공기를 타고 작작하게 흐른다. 물론 팀장들은 '우리가 어릴 땐 저러지 않았는데'라고 혀를 차고 있겠지만.

다른 회사 다니는 친구들의 얘길 들어봐도 비슷하다. 소싯적에 잘나가고 주변의 신망도 높던 직원들이 팀장이 되니 하나같이 욕을 먹고 있다고. 자리가 사람을 바꾸는 걸까? 그럴 수도 있다. '장'이란 자리가 본래 관심과 책임이 집중되는 만큼 누구라도 욕을 먹을 수밖에 없는 걸까? 그럴 수도 있다. 하지만 '어쩔 수 없기' 때문에만 그런 거라면 이런 현상을 분석할 가치도 없을 터이다.

'잘나가는' 팀원에서 '욕먹는' 팀장이 된 분들을 들여다보면 나름대로 몇 가지 공통분모가 발견된다. 그중 하나가, 팀원일 때 빛을 발했던 능력이 팀장이 된 후로는 오히려 그를 갉아먹고 있다는 점이다.

잘나가는 팀원은 대개 '자신'에 관한 능력이 뛰어난 사람이다. 예컨대 자신감, 자기긍정, 자기확신이 넘치는 사람들. 세상의 중심이 자신인, 주인공형 인간들. 성장기의 세계에서 가장 요구되는 능력이기도 하다. 회사 생태계에서 팀원은 성장기의 어린아이쯤 될 테니까.

이렇게 자기 자신에 관한 능력치가 돋보이는 사람들은 실수를 두려워하지 않기 때문에 과감하고, 고민의 속도가 빠르기 때문에 업무 처리도 빠른 편이다. 반대로 말하면 실수가 잦고 고민의 깊이가 얕을 때가 많지만, 괜찮다. 그건 경험 많은 상사나 팀장이 그때그때 다듬어주고 보태주면 되는 능력이기 때문이다. 그러는 사이 실수는 시나브로 다듬어지고 경험도 쌓인다. 업무 성과도 더 잘 내는 선순환의 굴레에 든다. 그럴수록 자신의 방식과 방향이 맞다는 확신은 더 단단해진다. 안 그래도 충만한 자기애가 더 강화될 수밖에.

그런데 내가 겪어본 소수의 '좋은 팀장'들은 대개 정반대의 요건을 갖추고 있는 분들이었다. 좋은 팀장은 주로 자기 자신이 아닌 '타인'에 관한 능력치가 높은 사람들이었다. 이를테면 공감 능력, 배려심, 인권 감수성, 균형과 조화를 중시

하는 성향 등이다. 주인공보다는 조연일 때 더 빛나는 분들. 이런 팀장들은 대개 고민이 깊고 실수가 적은 편이다. 팀원은 실수하면 팀장이 다듬어주면 되지만, 팀장은 실수하면 팀원들이 즉각 피해를 입는다. 과감함도 중요하지만 신중함이 더 요구되는 자리인 이유다. (물론 지나친 신중함으로 결단도 못 내리는 우유부단한 유형은 아예 배제했다.)

그런데 문제가 있다. 이런 부류의 사람은 팀장이란 자리에 오르기가 어렵다. 팀원이었을 때 이른바 '잘나가기' 어렵기 때문이다. 팀원, 그러니까 '많은 사람 중 한 명'일 경우 타인에 관한 능력치는 잘 돋보이지 않는다. 균형보다는 경쟁을 중시하는 사람이, 배려보다는 자신감을 내세우는 사람이 눈에 띌 수밖에 없다. 또 타인에 관한 능력치가 높은 사람들은 주로 그 능력이 뒤늦게 서서히 쌓이고 발현되는 편이다. 그러니 훗날 팀장이 될 만한 윗선의 평판을 초기에 얻기도 어렵고, 뒤늦게 쌓은 능력을 선보일 기회도 얻기 힘들다.

결국 회사는 젊었을 때 잘나가던 팀원에게 팀장을 맡기게 된다. '자신'에 관한 능력이 뛰어난 분들. 그들은 대개 팀원 시절의 성공 방정식에 도취되어 있다. '내가 잘나가던 시대와 지금은 다르다'는 진리도, 팀원들의 다양성을 존중해야 한다는 원칙도 머리로는 인정해도 마음으로 빨아들이지 못한다. 자기에 관한 확신으로 꽉 찬 사람에게는 타인의 새로운 생각이나 어려운 사정이 끼어들 공간적 여유가 없기 마련이다. 생각이 단단하다는 건, 달리 말하면 유연성을 잃었다는 뜻이다.

게다가 그들은 더 배우려고도 하지 않는다. 이미 자신은 '다 알고 있다'고 생각하기 때문이다. 그래서 그들이 가진 말버릇의 공통분모는 "그거 알아"와 "내가 해봐서 아는데"다. 그것도 상대의 말을 끊고 치고 들어갈 때 자주 쓴다. 빠르게 바뀌는 시대를 최선을 다해 학습해도 모자랄 판인데, 그들이 뒤처질 수밖에 없지 않겠는가. 〈토끼와 거북이〉의 토끼처럼.

가장 큰 문제는 그들의 자신감이 자기최면으로 변질될 때 일어난다. 자기최면에 빠진 사람들은 위기에 닥칠수록 자신에 대한 믿음을 강화하는 방식으로 일을 해결하려 한다. 결정적으로 귀를 열어야 할 순간 도리어 머리를 굳힌다. "누가 뭐래도 나는 나를 믿어"라며 결론을 내린다. 담대한 자신의 모습에 흠뻑 취하면서. '누가 뭐라는지'가 더 중요할 때인데, 그들은 어김없이 '자신을 믿고' 마는 거다.

그렇게 내린 결론은 때론 큰 성공을 거두지만 때론 팀원에게 막대한 피해를 끼치고 만다. 그 피해는 팀원들의 노력을 쉽사리 물거품으로 만들기도 하고, 잘못된 선택에 몇 날 몇 달을 쏟게 하며, 소통을 단절시키고, 결국 팀 전체의 근로 의욕 저하와 정신적 황폐를 불러일으킨다. 중요한 건 그걸 본인만 모른다는 거다. 일을 '못 해본' 적이 없어서. 자기 자신이 팀장 노릇을 '못하고' 있다는 걸 상상조차 하지 못하니까. 게다가 공감 능력이 부족해 남의 일은 쉽게 까먹기에 가끔 거둔 큰 성공만 기억하고 팀원의 상처는 금방 잊는다.

　그렇다면 잘나가는 팀원이면서 훗날 좋은 팀장이 될 수는 없는 걸까? 결국 사람은 책임이 많아지는 자리에 오를수록 능력치의 스위치를 바꿔서 켜야 한다는 게 내 결론이다. 자기확신 대신 타인에 대한 신뢰를 키우고, 자기애보다는 공감 능력을, 자기긍정보다는 타인의 말에 집중해야 할 때라는 걸 받아들여야 한다. 경쟁자들을 해치우던 날카로운 칼끝은 뭉뚝해지더라도 둥글고 품이 넓은 사람이 되어야 한다. 나를 키운, 자부심 돋는 능력치들이 팀원들을 해칠 수도 있음을 자각해야 한다.

무엇보다 주인공 의식을 버려야 한다. 젊은 시절부터 주인공으로 살아온 사람들은 대개 자기중심적인 경향이 강할 수밖에 없다. 그러나 자신이 팀원일 때 꽃처럼 활짝 피었던 이유는 묵묵히 거름이 되어준 팀장과 동료들 덕분이 아니었을까? 팀장이 되면 어떤 역할로 옷을 갈아입어야 할지 고민해야 할 이유다. 자기 인생의 주인공은 자기 자신이어야 하겠지만 팀의 주인공은 명백히 '팀 그 자체'가 되어야 한다. 팀장이 조연이고 팀원이 주역일 때 팀은 더 빛날 것이다. 깃발 들고 무작정 뛰는 습관 대신 후배들을 믿고 후방 지원을 해주는 습관만이, 팀을 당신이 올려놓고 싶은 그 자리에 올려놓을 것이다.

물론 말은 쉽지만 실천은 어려울 테다. 남보다 내가 틀렸을 가능성에 대해 끊임없이 의심하라는 건데 그게 어디 쉬운가. 더군다나 자기긍정과 자기확신으로 평생을 살아온 사람들이. 그래서 대개 그런 분들은 여전히 현재를 성찰하기보다 과거의 자신을 스스로 열심히 보듬는다. 과거에 얼마나 잘나갔는지를 (아무도 묻지 않았는데) 거듭 얘기하며 현재의 판단을 믿으라고 한다. 그리고 "왜 요즘 애들은 자기처럼 안 하는지" 의아해한다. 요즘 애들이 자기처럼 안 하는 이유가 자기 자신 때문인 줄은 모르고. 그럴수록 자타의 평가의 간극은 계속 벌어진다. 악순환이다.

그런 분들, 그러니까 팀원일 때 나보다 훨씬 성과도 좋았(을 것으로 추정되)고 훌륭했던 선배들이 좋은 팀장이 될 가능성을, 그래서 나는 포기해야 할까. 굳이 포기할 거면 그전에 조언이라도 해드리고 싶다. 실천할 수 있는 것 중에 꽤 쉬운 게 하나 있는 것 같아서 말이다. '끝까지 잘 듣는 일.' 그게 시작인 것 같다. 후배들에겐 귀를 더 열고, 대신 입은 아랫사람이 아닌 윗사람에게 더 여는 사람이 된다면 조금씩 팀과 회사의 분위기가 달라질 것 같다. 후배들의 같잖은 얘기도 자꾸 듣다 보면 가끔은 이해가 될 거다. 그 얘기가 '같잖지 않을 수도 있다'는 생각에 언젠가 이르게 될 수도 있다. 그 어쭙잖은 생각들을 모아서 보석처럼 빛내주는 역할을 당신은 해낼 수 있다. 능력 있는 사람이니까. 당신의 꿈을 펼치는 도구로 팀장이라는 자리를 활용하는 것보다 나은 방식 아닐까?

회사 생활하면서 후배의 말이 끝날 때까지 기다려주는 팀장을 많이 만나보지 못했다. 그러나 단언컨대, 아랫사람의 말을 들어보는 일은 변화하는 시대를 흡수하는 가장 쉬운 방법일 것이다. 일단 듣기만 하면 되니까. 굳이 넘치는 자기애를 주도적으로 소화시켜야 한다면 후배 대신 윗선에 충언하고 부딪혀주는 에너지로 승화하면 금상첨화일 것 같다. 결코 불가능한 일이 아니다. 나도 이미 그런 '내 인생의 팀장'을 한두 번 만나봤으니. 그리고 나 역시 먼 훗날 팀장 자리에 오를지도 모르기에 이건 나에게 하는 채찍질이기도 하다.

3.

이 글은 절대 우리 팀 얘기가 아니다. 우리 팀은 보직 팀장도 없는 데다 수평적인 구조로 의사소통이 이뤄지는 돌연변이 팀이다. 그래서 우리 팀은 분위기가 항상 좋다. 아마 나 같은 사람이 팀장이 아니라서 그럴 것이다.

사내 단톡방을
끊었더니 생긴 변화

자발적
'아싸'가 되고
얻은 '인싸'이트

　몇 년 전, 개인적인 판단 착오로 회사에 민폐를 끼친 적
이 있다. 나의 잘못으로 회사의 신뢰도가 훼손된 사고였다.
맘 넓은 선배와 동료들은 '누구에게나 일어날 수 있는 일'이
라며 위로해주었지만 동료들의 노력에 찬물을 끼얹었다는
죄책감이 쉽게 씻기지는 않았다. 그리고 그즈음부터, 회사
의 단체카톡방들이 좀 무서워지기 시작했다.

　대체로 그렇겠지만 회사의 단톡방은 크게 '업무방'과 '친
목방'으로 나뉜다. 그중 친목방은 대개 미확인 정보의 유통
이나 뒷담화의 배설 창구로 쓰인다. 특히 사내의 뒷말들이

전파될 때 친목방의 존재감은 무섭게 발휘된다. 누군가 잘못을 저지르기라도 하면, 실시간으로 수많은 사내 단톡방들의 빨간 숫자가 경쟁하듯 가파르게 오르는 걸 목격할 수 있다. 오로지 잘못을 저지른 동료가 속해 있는 단톡방만 쏙 빼고. 그런 현상에 속이 거북해지기도 했지만 때로는 낄낄거리며 그 대열에 동참하기도 했다. 그것뿐이랴. 업무방에서 차마 꺼내지 못하는 이야기들도 친목방에서 곧잘 소화되곤 한다. 예컨대 상사에게 이상한 지시를 받으면 업무방에서는 '네'라고 카톡을 남긴 뒤, 바로 친목방을 열어 '그 XX가 뭘 시켰는지 알아?'라며 대화가 꽃피는 식이다.

그런데 내가 사고를 치고 나니 내 눈앞에서 오가는 다른 사람들의 뒷담화들이 이전보다 훨씬, 감당하기 힘들 만큼 불편해졌다. 무엇보다 내가 제일 큰 문제아 같은데 남 욕할 자격이 있나 싶었다. 또 뒷담화가 유포되는 원리에 따라 내 얘기도 어딘가에서 껌처럼 소비되고 있겠다는 생각이 머릿속을 괴롭히기 시작했다. 사적인 단톡방에 빨간 숫자가 늘어갈수록 혈관이 좁아지는 기분이었다. 익명의 누군가들에게 내 감정을 조종당하는 기분.

진정이 필요했던 나는 스스로에게 일시적 출입 금지 처

분을 내렸다. 업무를 위해 필수적인 몇몇 단톡방들 외에는 당분간 아무 데도 들어가지 말자고. 대강 세어보니 회사 내 친목용 단톡방은 다섯 손가락을 다 오므려도 모자를 만큼 많았다. 그러니까 그 예닐곱 개쯤의 단톡방에서는 어느 순간부터 나로 인해 결코 '1'이 지워지지 않기 시작한 셈이다.

그렇게 일주일가량 보내니 여기저기서 개인적으로 연락이 왔다. 걱정해주는 동료들이 '너 왜 그래?'라고 물어오기도 했고, 사적인 의사 결정이 필요한데 나 혼자 답을 주지 않으니 답답해서 개인적인 연락을 보낸 경우도 더러 있었다. 나는 미안해하면서도 마음이 좀 안정될 때까지는 단톡방에 들어가지 않고 싶다며 양해를 구했다.

한번은 친한 동료에게 '단톡방에서 뒷담화가 벌어지면 다 내 얘기 같아서 심장이 두근거린다'고 어렵사리 털어놓았다. 그는 따듯하게 들어주었고, 나는 그게 고마워서 특정 단톡방에 다시 들어가 예전처럼 일상적인 대화를 주고받으려 노력했다. 나의 고민이 단톡방 멤버들에게 전파됐는지, 며칠간은 놀라울 정도로 단톡방에서 뒷담화가 생산되지 않았다. 원래 그런 곳이 아니었기에 맘은 더 무거워졌다. 멤버들이 전부 내 눈치를 보고 있는 게 빤히 보여서. 그러다 며

칠 지나지 않아, 그중 한 명이 시원하게 자기 부서의 팀원을
욕하면서 카톡 세 줄을 잇따라 덧붙였다.

나 도저히 못 참겠어
여기서라도 개 욕 안 하면 못 살 것 같아
나부터 좀 살자

나한테 직접적으로 하는 말은 아니었을 것이다. 그리고
그도 여러모로 힘들었을 것이다. 그러나 나는 그 이후로 다
신 그 단톡방에 들어가지 않았다. 그게 서로를 위한 최선 같
아서. 거기 말고도 그 어떤 회사의 친목용 단톡방에도 마찬
가지였다. (사실 마음 둘 곳 딱 한 곳은 예외로 두었다. 그 어떤
뒷담화도, 인정 욕구를 못 채운 푸념들도 생산되지 않던 유일한 단
톡방이었다.) 아예 모든 단톡방에 '나가기' 버튼을 눌러버릴
까 생각도 했지만 그게 더 무성한 말을 낳을 것 같은 데다
누군가 눈치 없이 날 다시 초대했을 때 뻘쭘함을 해결할 도
리가 없을 것 같아 관두었다.

처음엔 잠시 마음을 가다듬으려는 의도였지만, 시간이

지날수록 도리어 일상이 더 편해졌다는 느낌이 들었다. '굳이 단톡방 활동을 하지 않아도 회사 생활이 가능한데?'라고 의아해하면서 재입성(?)을 하루하루 늦추다 보니 어느새 2년이나 흘러버렸다. 그렇게 나는 자발적 '사이버 아싸'로 고착(혹은 고립)되었다. 그사이 소소하게 알게 된 흥미로운 사실들도 있다. 안 읽은 메시지의 숫자는 단톡방에서 최대 300개까지만 뜬다는 것, 그리고 카톡 전체로는 999개까지만 표시된다는 것. 그러니까 만 개의 메시지를 안 읽었어도 내 카톡 앱 오른쪽 위에는 '999+'라고만 적혀 있다는 거다.

나름대로 재밌는 발견이었지만, 실상은 알게 된 것보다 모르게 된 것들이 더 많다. 우선 사내 정보에 무척 취약해졌다. 나는 동료의 인사 발령 소식부터 사내의 잡다한 이야기들을 거의 제일 늦게 듣는 직원이 됐다. 사내에서 큰 사고가 터져도 팀원이 말해주지 않으면 하루나 이틀 뒤에야 전해 듣는 경우도 비일비재해졌다. 한마디로 사적인 영역에서 '타이밍이 항상 늦는' 동료가 된 셈이다. 그만큼 카톡 단체방 내에서만 생산되고 소비되는 이야기들이 많았다는 의미겠지.

또 사적인 의사결정 과정에서 배제되는 일도 잦아졌다.

예컨대 '우리 X월 X일에 다 같이 점심 먹자'라고 단톡방에서 누군가 말하면, 나 혼자 모르고 있다가 못 나가는 경우가 왕왕 생겼다. 물론 대부분은 그 구성원 중 하나가 나에게 따로 연락해서 참여 여부를 확인받아 주긴 했지만, 그것도 사실 타인을 번거롭게 한 셈이니 내가 미안해야 할 일이었다.

그런 정보 소외와 미안함 속에서도 난 왜 지금까지 단톡방을 끊은 채 회사 생활을 하고 있을까? 스스로 평가하긴 민망하지만, 그사이 내가 좀 더 건강해졌다고 느끼기 때문이다. 자발적 '아싸'가 되고 나서 얻은 것들을 종알거리자면 이렇다.

첫째로, 사내 뒷담화로부터 거의 완벽하게 해방됐다. 사내에서 요즘 누가 떠오르는 뒷담화의 대상이 되는지 나만 모르기 시작했다. 그러다 보니 가끔 동료들과 점심 먹는 자리에서 '그 소식을 여태 몰랐어?'라며 구박받기도 하고, 어떤 동료에 대해 좋은 말을 했다가 '걔 요즘 ~와 관련한 일로 욕먹는 거 몰라?'라며 분위기 파악 못 하는 사람 취급받기도 했다. 그래도 중요한 건, 뒷담화를 듣지 못하다 보니 어느새 뒷담화를 거의 하지 않는 사람이 되었다는 사실이다.

남몰래 남 욕을 실컷 하면 속이 시원해지기도 하지만, 그 해 같은 독한 술과 같아서 당장의 기분을 달랠 뿐 실상은 다음 날의 두통과 먼 훗날의 건강 악화만 부추길 뿐이었다. 훗날 술을 끊게 되면 이런 기분일까. 어쨌든 일순간의 카타르시스는 좀 사라졌어도 장기적으로 내겐 더 상쾌한 일상이 열린 것만 같다.

둘째로, 얻는 정보의 양은 훨씬 줄었지만 정확도는 도리어 크게 늘었다. 처음에는 단톡방을 읽지 않는다는 게 정보를 빠르게 습득해야 하는 '기자'에게는 치명적인 약점이 아닐까 걱정도 들었다. 그러나 놀랍게도 지난 2년간 업무 영역에서 손해를 본 일은 아무리 꼽아봐도 거의 없었다. 나는 기자들끼리 경쟁하듯 유포하는 온갖 찌라시로부터 철저히 소외된 기자가 되었지만 오히려 인권침해적이고 그릇된 괴소문들로 혼탁해져 있던 머릿속이 점차 정화되는 기분을 느꼈다. '기자니까 찌라시는 어쩔 수 없이 읽어야 돼'라는 명제가 얼마나 자기합리화적인 헛소리인지도 입증할 수 있었다. 결국 최종적으로 내게 도착하는 정보는 한 발 더 느렸지만 한 뼘 더 정확했다.

그리고 덤으로, 사람들은 카톡으로 말을 퍼뜨릴 때 가장 무책임해진다는 흥미로운 사실도 깨달았다. 같은 사람일지라도 카톡보다 전화로 말할 때 자신이 한 말에 더 책임을 지고, 전화보다 직접 만났을 때 훨씬 더 책임감을 느끼며 입이 조심스러워지더라. 어쩌면 당연한 소리일지 모를 그 진리를, 나는 단톡방의 수많은 '가벼운 말'들로부터 해방된 뒤에야 명확히 인지하게 되었다.

셋째로, 회사 바깥 친구들에게 더 신경을 쓰고 집중하는 기회가 되었다. 회사 생활을 하면서 옛 친구들은 우선순위에서 밀려나 있던 게 사실이다. 업무와 일상은 완벽히 분리될 수 없기에, 내 업무에 관한 이야기를 잘 모르는 다른 분야의 친구들과는 자연스레 멀어질 수밖에 없었다. 같은 이슈에 관한 이야기가 단톡방 여기저기에서 동시에 오갈 때에도 이왕이면 회사 동료들이 속해 있는 단톡방에서 그 이야깃거리들을 소비하는 편이었다. 그러나 회사의 친목용 단톡방을 모조리 끊고 나니 비로소 카톡창에 훨씬 오래전부터 남아 있던 친구들의 단톡방이 크게 보였다. 직장이 8할이었던 내 일상에 아무런 도움도 흥미도 줄 것 없는 그들의 이야기에 조금씩 더 집중하기 시작했고, 그 결과 나는 예전보다 업무 밖의 영역에서 더 할 얘기가 많은 사람이 되었다.

그러니까 추측하건대, 사람이 좀 넓어졌다.

마지막으로, 이게 내겐 가장 중요했다. 단톡방에서 '자가 격리'된 뒤부터 온전한 나의 시간이 생각보다 훨씬 늘어났다. 단톡방을 들락거리지 않고 나니 역설적으로 내가 카톡방에 쏟는 시간이 얼마나 많았는지 인지하게 되었다. 자꾸 스마트폰을 만지작거리던 습관도 현저하게 줄었고, 특히 회사를 벗어난 순간부터는 업무용 단톡방조차 볼 필요가 없으니 스마트폰 자체에 대한 관심이 뚝 떨어졌다. 매번 똑같은 출근길과 퇴근길도 시간이 고무줄처럼 늘었다. 2주에 한 권 가량이던 장편소설의 완독 주기는 열흘에 한 권 정도로 눈에 띄게 짧아졌고, 노래도 서너 곡 들으면 회사에 도착했는데 이젠 대여섯 곡씩 들을 수 있게 되었다. 내가 단톡방을 들락거리는 시간 동안 다른 생산적인 일을 얼마나 더 많이 할 수 있었는지 비로소 깨달아간 것이다.

물론 얻은 것이 눈에 확연히 보이는 사이 시나브로 잃어간 것들도 있을 터이다. 그걸 나만 감지하지 못하고 있을 수도. 예컨대 회사에서 나의 평판이 어떻게 변해가고 있을지, 촘촘한 사내 인간관계망에서 내가 얼마나 배제되어 가고 있을지 나는 알 수 없다. 성공으로부터 조금씩 멀어지는 커브 길을 스스로 걷고 있는지도 모르겠다. 그래도 나는 눈에 보이지 않는 악화 현상들이 두려워 눈에 보이는 이 후련함을 포기하지는 않기로 했다. 앞으로도 당분간은 손가락이 실수로 눌러버리는(?) 경우를 제외하고는 웬만한 단톡방과는 담을 쌓고 지낼 생각이다.

아, 중요한 얘기를 빼먹었다. 사내 단톡방을 모조리 끊고도 크게 걱정하지 않는 가장 든든한 이유. 어느새 '온라인 아싸'가 된 지 2년이 흘렀지만 내가 가장 소중하게 여기던 동료들은 그 누구도 내 곁에서 멀어지지 않았다. 그거면 됐다. 회사 생활에서 뭘 더 바랄까.

얼마큼 벌어야
평생 먹고살 수 있을까

이 결론 내리자고
10년이 걸렸다

"얼마큼 돈을 벌어야, 평생 편하게 먹고살 수 있을까?"

직장 생활을 10년 하면서 스스로에게 가장 많이 던진 질문 같다. 돈 생각 안 하고 살고 싶은데. 큰 사치 안 바라고 적당히 먹고살기만 하면 되는데. 그 '적당히'가 늘 발목을 잡는다. 수중에 얼마나 있으면 그런 인생이 가능할까? 당장의 일상이 버거운 이들에겐 배부른 고민이겠지만, 직장인이라면 누구나 가져봤을 법한 궁금증이기도 할 것이다.

주변에 물어보기도 많이 물어봤다. 3~4년 전쯤이었나.

삶의 정답을 종종 제시해주던 한 선배는 구체적이라서 더 솔깃한 답을 내놓으셨다.

"내 집 말고 20억이 더 있으면 굳이 몸 쓰거나 머리 안 써도 편하게 먹고 산대."

20억. 선배의 추정은 꽤 합리적이었다. 건물 하나를 사도 보통 수익률이 3%는 된다. 20억 원짜리 건물을 사면 일 안 해도 매년 6천만 원 정도 버는 셈이다. 월 500. 그 정도면 애 키우며 지금 생활 수준을 유지하며 살 수 있을 것도 같다.

문제는 20억을 어떻게 모으느냐다. 내 연봉으로는 20년 동안 한 푼도 안 써도 모이지 않는 돈이다. 지금 하고 있는 소소한 재테크로도 어림없다. 직장 때려치우고 사업으로 대박을 터뜨리거나 로또, 연금복권, 가상화폐 잭팟이 나야 꿈꿔볼 수 있겠다. '하이 리스크 하이 리턴.' 그러나 외벌이에 아이까지 있는데 도박을 걸 수 있겠는가. 결국 원래 질문에서 실현 불가능한 대목을 지웠다. '얼마큼 돈을 벌어야'라는 대목 삭제.

"평생 편하게 먹고살 수 있을까?"

여전히 어려운 질문이다. 떼돈을 벌지 않고도 평생 편하게 먹고살 수 있는 방법이 뭘까. 또 묻고 다녔다. 장가 잘 가면 된다? 나는 이미 장가 잘 갔지만 그 방면으로 잘 간 건 아니다. 게다가 그 방면으로 '잘' 갔다면 평생 '편하게'는 못 살았을 게다. 생활이든 마음이든 호되게 불편하지 않았을까.

굳이 노력하지 않아도 평생 써먹을 수 있는 재능이 있다면 가능한 일이기도 하다. 재능만으로도 편히 먹고사는 사람도 더러 있으니까. 그게 내가 아닌 게 문제지. 나같이 범상한 사람은 어김없이 'no pain no gain(고통 없인 얻는 것도 없다)'이다. 실현 불가능한 '편하게' 대목도 삭제.

"평생 먹고살 수 있을까?"

질문에 살이 많이 빠졌다. 이제야 좀 가능한 얘기 같다. 물론 언제 잘릴지 모르는 직장인이지만, 건강만 유지한다면 직장을 그만두고도 계속 먹고는 살 수 있을 것 같다. 욕심을 조금만 덜 내면 말이다. 나는 뭐든 생산할 때의 내가 좋다.

유물론자라 그런지 내 생산의 결과물이 눈앞에 보일 때 살아 있음을 느낀다. 지금처럼 뉴스든, 글쓰기든, 창작물이든, 아니면 치킨이나 분식 같은 음식이든. 그건 평생 할 수 있을 것 같다.

그래서 직장을 관두더라도 뭐든 기획하고 결과물을 내며 살 요량이다. 물론 타인이 내 결과물에 돈을 지불해야 먹고 살 수 있겠지만. 게으름 피우지 않고 머리를 굴리면서 결과물의 질을 높이면 되지 않을까. 큰돈 벌자는 게 아니니까.

"얼마큼 돈을 벌어야, 평생 편하게 먹고살 수 있을까?"

다시 처음 던졌던 질문. 지난 10년간 답을 찾는 지난한 과정에서, 이 질문의 몇몇 오류를 발견할 수 있었다. 오류를 발견한 것 자체가 성장 과정이라 믿고 싶다.

먼저, 목적어가 '돈'이었다. 돈은 태생적으로 목적이 될수 없다. 어차피 교환 도구 아닌가. 행복의 가장 강력한 수단이 돈일 수도 있겠지만 그래봤자 수단일 뿐이다. '평생 먹고산다'는 뒷 문장의 최종 목적이 돈을 향할 리가 없다. 난왜 '평생 얼마 벌어야 할지'를 열심히 계산하고 있었을까.

'평생'을 수식하는 질문의 형용사가 '편하게'였던 것도 문제였다. 편하다는 느낌은 본질적으로 지속 가능하기 힘들다. 편한 날이 오래 지속되는 삶이 생동했던 적이 있는가? 휴가를 떠나도 마냥 편하게만 있으면 무료해지는 순간이 찾아온다. 편한 친구도 매일 보면 불편해진다. 연인도 편해질수록 잃는 것들이 자꾸 늘어난다. 즉, '평생'과 '편하게'가 한 문장에 병렬한 질문은 애초에 모순되었던 셈이다. 평생은커녕 꽤 오랫동안만이라도 편해지면 난 보물찾기처럼 불편을 찾아 헤맬 것만 같다. 경영(이라는 스트레스 세계)에 참여하지 않고 한량처럼 노는 재벌 2, 3세들이 마약 주사를 맞아가며 몸과 정신을 일부러 괴롭히듯이.

요컨대 나란 인간은 얼마큼 돈을 벌어도, 평생, 그것도 편하게는, 먹고살 수 없을 것이었다. 그래서 질문을 고쳐봤다. 아까 말했듯이 나는 죽을 때까지 무언가를 생산하고 싶다. 돈을 최종 목적이 아닌 생산성의 수단(투자)과 지표(실적)로 본다면 이야기는 달라진다. 얼마큼 벌어야 할지 어렴풋이 계산이 선다. 평생 살면서 그 나이에 맞는 생산 욕구가 있을 테다. 그걸 훼손하지 않을 만큼만 벌면 될 것이다.

돈이 너무 많이 생기면 도리어 위험할 것 같다. 생산 욕구를 잃을지도 모르니까. 게임도 그렇게 간절히 끝판을 깨길 원하지만 막상 끝판왕을 깨고 나면 지겨워지지 않는가. 하물며 내가 사는 세상은 게임처럼 새 판으로 바꿀 수도 없다. 돈이 과하게 벌리는 순간을 가장 경계해야 할 이유다. 생산 욕구가 멈추면, 질문의 마지막 말인 '살 수 있을까?'를 긍정하기 어렵기에.

'편하게'도 대체해봤다. '평생'과 가장 어울리는 형용이 뭘까. 내 기준에서는 '즐겁게, 행복하게' 정도가 괜찮겠다. 가끔 슬프고 우울할 때도 있겠지만 신은 인간에게 망각이란 선물을 주셨으니까. 길게 보면 인생은 희극이라고 누가 말한 이유도 여기 있지 않을까.

돈 없이는 못 살겠지만 돈 없이 못 사는 사람이 되고 싶진 않다. 생산하지 않고도 편하게 먹고살 수 있게 되는 순간부터 정신은 노화하고 몸은 부패할 것 같다. 직장 생활 10년을 따라다닌 저 질문은 삶을 가장했지만 결국 죽음의 질문이었던 것이다. 고친 질문은, 이를테면 이런 식이다.

"평생 즐겁게 살려면 돈이 어느 정도 있는 게 적당할까?"

이제 답은 분명하다. 늘 '약간 부족한 정도'가 좋겠다. 내 존재의 원천인 생산 욕구를 유지하기 위해.

너무 부족하게 번다면? 생산성을 높이려 골몰해보겠다. 노력해도 안 된다면? 그땐 개인이 아닌 사회 탓을 찾아보고 싸워나가야지. 어쩌다 너무 많이 벌게 된다면? 생산 욕구를 해치지 않을 만큼만 남겨두고 다 쓰겠다. 더 잘 생산하는 나로 '닦고 조이고 기름치기' 위한 투자금 삼아. 물론 건강이 악화되거나 불행한 일로 더 이상 생산이 불가능할 때를 대비한 돈도 일부 남겨가며 말이다.

답을 내려서 속 시원할까. 그렇진 않다. 다음 10년의 직장 생활은 진화한 질문으로 더 골머리를 앓을 것 같으니까.

"그럼 도대체, 뭘 생산하며 살아야 즐겁게 살 수 있을까?"

당신을 질투하지
않으려 애씁니다

"신이 소원을 딱 하나만 들어준다면 무엇을 빌겠어요?"

햇살 좋은 날, 후배 J가 물었다.
나는 어렵지 않게 대답했다.

"질투라는 감정을 내게서 영원히 지워달라고 할 거야."

J는 되물었다.

"가끔은 질투가 저를 성장시키기도 하던데요."

고개를 끄덕였지만 속으로 옹얼였다.
'그걸 못 견디겠다는 거야.'
나를 키워온 가장 거대한 에너지가 하필이면 남을 시기
하고 깎아내리려는 마음이었다니. 그걸 인정할수록 애써 다
듬어온 지금의 내가 일그러지는 것만 같아서.

어려서부터 그만큼 고약한 승부욕쟁이었다. 성취보다는
승리가 이끄는 삶이었다. 무언가를 이뤄내는 과정보다 늘
'남보다' 앞서는 게 중요했으니까. 내 옆의 재보다 잘나고
싶어 공부했고 싫어하는 개보다는 뛰어나 보이려 외모도
가꿨다. 비교 대상이 없는 일에는 금세 싫증을 냈다. 이를테
면 혼자 하는 운동 따위에 아무런 흥미도 없었다. 나만의 목
표를 달성하기보다 남을 이기는 쾌감이 훨씬 짜릿했기에
점수로 승패를 분명하게 가르는 구기 운동만 골라서 연습
했다.

누구나 그렇지 않냐고 하기엔 정도가 좀 심했던 것 같다.
반장 선거에서 지고 온 날은 잠도 못 잤다. 그렇다고 들키기

는 또 싫었는지 이불 꽁꽁 뒤집어쓰고선 눈물을 삼켰다. 날 이기고 반장이 된 녀석을 미워하거나 은근하게 못살게 구는 방식으로 1년 내내 분노를 희석해야 했다. 주변의 잘난 사람 이야기는 듣기도 싫어서 일부러 화제를 돌리거나 자리를 피했다. 가끔은 부자연스럽게 괜히 나서서 큰 소리로 친구 칭찬을 먼저 하기도 했는데 대개는 남한테 그 녀석 칭찬을 듣느니 차라리 내가 먼저 하고 만다는 심보였다.

계속 그렇게만 자랐다면 아마도 열등감과 공격성으로 똘똘 뭉친 괴물 어른이 되었을 것이다. 그나마 다행히 고마운 반작용이 있었다. 아주 어려서부터 일기를 써왔다. 주 양육자였던 엄마의 혜안이었을까? 어쩌면 어린 나이에 본능적으로 직감한 걸 수도 있다. 이렇게 살면 세상 못 산다고. 마음속에서 끓어오르는 뜨겁고 나쁜 것들로 화상을 입거나 입히고 말 거라고. 연유야 명확하지 않지만 어쨌든 매일 썼다. 낮마다 남을 무찌르거나 미워한 뒤 밤마다 엉킨 흑심을 연필로 풀어냈다. 다행히 밤은 사람을 진정시키기에 소년의 일기장은 대개 반성의 언어들로 채워졌다. 질투심을 그렇게라도 소비하지 않았다면 쌓이고 쌓여 뒤늦게 정화할 수 없을 만큼 마음이 오염되었을 것이다. 초등학생 때부터 20대의 *끄트머리*까지, 남을 짓누르고 싶어 하는 마음을 그렇게 애써 다독이며 어른이 되어갔다.

평생을 질투심과 싸우며 살았으니 이제 서로 지쳤을 법도 한데, 마흔 언저리인 지금까지도 가끔씩은 그 고약한 감정이 내게 줄다리기를 신청한다. 여전히 운전하다 고급 외제차가 내 앞을 쌩 하고 지나가면 욱하는 마음에 10년 넘은 고물차의 액셀을 밟아댄다. 나보다 못하다고 여기는 사람이 직장에서 더 대접받는 걸 보면 증오심에 회사까지 덩달아 미워진다. 그가 더 대접받는다고 내 월급이 깎이는 것도 아닌데. 심지어는 취미 삼아 쓰는 온라인 글에서조차 내 시선에서는 별 글 아닌 것 같은데 인기가 더 많은 작가님을 보면 심술이 평정심을 간지럽힌다.

다만 이제는 그 감정이 불순하다는 걸 충분히 인지하기에, 타인에게 폭력적으로 소비하기보다 내 안으로 삼킨 뒤 남모르게 배설하려 애쓰며 살고 있다. 평생의 숙제다 보니 이제는 나름대로 질투심을 보듬고 소화하는 나만의 노하우까지 생겼다.

겉으로 드러나는 방식 중에는 '먼저 졌다고 선언해버리

기'가 꽤 유용하다. 승부욕이 발동되려 하자마자 '내가 졌어. 네가 나아'라는 식으로 상대방을 비롯한 남들 앞에서 확인 정해버리는 것이다. 예를 들어 동료와 은근히 업무 비교를 당하려는 분위기가 감지되면 '걔가 저보다 훨씬 잘해요'라고 서둘러 선언하는 식이다. 신기하게도 그러고 나면 내면의 질투심이 사그라들고, 조직의 분위기까지 한결 부드러워진다. 심지어는 빈 껍데기처럼 내뱉은 그 말이 진심이 되어버릴 때도 있다. 그제야 정말로 상대방이 나보다 나았던 부분들이 조금씩 보이기도 했으니까.

반대로 속으로 꼭꼭 씹어 삼키는 노하우도 있다. 특정한 누군가를 짓누르고픈 마음이 끓어오를 때마다 주문을 외는 거다. '나는 당신을 질투하지 않으려 애씁니다'라고. 반복해서 외다 보면 질투심이 촉발하던 사소한 갈등과 언쟁을 거짓말처럼 피하게 된다. 심지어는 그 독한 감정이 물처럼 녹아 부러움과 존경심으로 융해되기도 한다. 그런 성숙한 화학 변화를 체감할 때마다 어른이 되었다는 생각에, 아니 이래야 세상 살아간다는 생각에 손가락 끝마디로 가슴을 쓸어내린다.

마음 깊숙한 데에 고이 가두어둔 질투심을 굳이 이렇게 활자로 들춰낸 연유가 있다. 최근 마음속에서 누군가를 격하게 질투하기 시작해버렸다. 남과의 비교를 통해 나를 채찍질하는 세 살 버릇은 여든까지 갈진 몰라도 마흔 언저리까지는 확실히 온 듯하다. 그래서 본능적으로 일기를 써야 할 때라고 직감했다. 뜨겁고 나쁜 감정들이 또 발동하면 안 된다고. 그러면 어린 시절처럼 마음이 끓어올라 화상을 입거나 입힐 거라고. 그간 쌓아온 노하우를 총동원해야 할 순간이다.

나를 대학에도 보내주고 수많은 경쟁에서 승리하게 해준 질투심. 그러나 이제는, 사회생활에 막대한 도움을 준 소주를 끊었듯 그렇게 냉정하게 끊어내고 싶다. '상대적인 감정들'이 얼마나 시간과 영혼을 갉아먹는지 어른이 될수록 거듭 깨달아가고 있다. 비교 대상이 나 자신이 아닌 타인이 되는 순간 곱게 쌓아 올린 이성은 허무하게 무너지며 마약에 취하듯 시야가 좁아지고 해갈되지 않을 집착의 목마름에 허덕이게 된다는 걸 이제는 안다.

어차피 남보다 더 잘되고 싶은 갈증은 영원히 해소되지 않을 것이다. 우월감으로 해결하려 들수록 끝없이 또 다른

'남'이 눈앞에 나타날 테니까. 그저 경쟁과 질투 같은 감정들이 나 자신도 타인도 해치지 않도록 잘 보듬어가며 살아가는 수밖에 없다. 이런 진리를 조금만 더 일찍 알았더라면 나는 이유도 없이 남을 따라잡느라 쏟던 에너지와, 질투에 허비한 밤들을 참 많이 아꼈을 것 같다.

그래서 오늘 밤도 속으로 주문을 왼다. 새롭게 미워지려 하는 당신을 향해,

'나는 당신을 질투하지 않으려 애씁니다.'

제가 뭐라도
해드려야 할 텐데요

인간관계
=
이해관계?

"숙소 필요할 때 연락 주시면 알아봐드릴게요."

첫 만남부터 인간성이 좋아 보였던 A씨가 나에게 말했다. 처음 만난 지 고작 30여 분이 지났다. 그 자리는 좀 특별했는데, 일본 가마쿠라에서 작은 호텔(방 6개짜리 여관)을 운영하는 일본인 지인 B씨가 한국에 놀러왔다기에 찾아간 자리였다. 나 이외에도 B씨의 일본인 친구들과 우리나라 유명 뮤지션 C씨, D씨도 자리에 있었다. 모임의 호스트 격인 일본인 B씨와 관록의 밴드 리더들인 C, D씨는 20년도 더 된 친구 사이라고 했다. 나에겐 B씨 말고는 모두 초면이었다. 쉽게 말해 국경을 넘나드는 오랜 친구들의 모임에 내가 우연찮게 끼게 된 거다.

막상 자리에 가보니 나 같은 사람이 또 한 분 계셨다. 모임 멤버 중에 가장 젊어 보였던, A씨였다. 국내외 좋은 숙박 시설을 선정해 소개하고 예약해주는 스타트업에 몸담고 계신다고 했다. 그래서 일본에서 여관을 운영하는 오늘의 호스트 B도 알게 되었다고.

나는 처음 본 A씨가 구면인 듯 반가웠다. A씨가 몸담고 있다는 숙박 소개 사이트가, 내가 여행 갈 때마다 찾아보는 단골 사이트였기 때문이다. 최대한 많은 숙박업소를 확보해 무조건 홍보해주는 대형 숙박 앱들과는 달리, 그 사이트는 엄격한 기준으로 운영 철학이 맞는 소규모 숙소만 소개해주고 있어서 신뢰가 갔다. 게다가 나는 그 사이트에서 B씨의 가마쿠라 여관을 알게 되었고, B씨와 인연까지 닿았던 터였다. 그러니까 A씨는 자신도 모르는 사이 내게 좋은 영향력을 끼치고 있던 셈이다.

"고맙습니다. 당신이 일하는 숙박 사이트의 팬이에요. 덕분에 제가 이 자리에 끼게 되었네요."

나는 진심으로 고마웠고 그 마음을 전하고 싶었다. 그런
A씨가 내게 대답으로 꺼낸 말이 "숙소 예약하실 때 연락 주
면 알아봐주겠다"는 거였다.

그 후로 우리 일행은 새벽 2시가 넘도록 함께 술잔을 기
울이며 얘기를 나눴다. 주로 호스트인 B씨와 그의 20년 지
기 친구들인 뮤지션 C, D씨의 옛이야기들이 주를 이뤘지만,
간간이 A씨와도 대화를 나눌 기회가 닿았다. 그는 나보다
일고여덟 살쯤 어려 보였고, 막 사회생활을 시작한 청년이
었다. 훤칠한 인상에 늘 웃는 얼굴. 술에 취해 중얼거리는
타인의 허튼 말에도 끝까지 귀 기울이는, 누가 봐도 괜찮은
사람이었다.

다만 그 대화의 시간 동안 내게 '숙소 잘 알아봐주겠다'
는 말을 서너 번 반복했을 뿐이다. 듣고 보니 할인의 방식도
무슨 편법이 아니라, 본인 돈을 손해 봐가며 해주겠다는 거
였다. 종국에 나는 '말이라도 감사합니다. 그런데 그런 사이
트 만들어서 좋은 숙소들을 소개해준 것만으로도 이미 충
분히 감사해요'라며 대화를 매조지었던 것 같다.

새벽 귀갓길. 오랜만에 만난 일본인 B씨보다, 어릴 적 내 우상이었던 두 뮤지션 C와 D씨보다 나는 A씨를 더 많이 생각하고 있었다. 나의 사회 초년생 시절을 반추하는 것도 같았지만 인물로 보나 인성으로 보나 나의 그 시절보다는 훨씬 유망해 보이는 분이었다. 당연한 얘기지만 좋은 사람이라 생각했기에 생각이 계속 났을 것이다.

아마도 A씨는 우리에게 뭐라도 줄 게 있고 싶었을 것이다. 그는 사회생활을, 그것도 철저히 이해관계로 세상을 넓혀나가야 하는 창업의 생태계에서 막 시작했을 테니까. 우연히 조립된 이 모임의 사람들이 좋은데, 이들과 인간관계를 지속해나가려면 자신에게도 뭔가 내어줄 게 있어야 한다고 본능적으로 생각했을 것이다. 호텔을 운영하는 B씨나 유명 뮤지션인 C, D씨나 10년 차 방송기자인 나는 그의 눈에 적어도 '뭐라도 이룬' 사람들처럼 보였을 수 있으니까.

그래서 계속 '숙소라도 잘 알아봐주겠다'고 반복해서 말했을 것이다. 오직 이해관계로만 사람을 대하는 장사꾼처럼 전혀 보이지 않았기에 나는 그의 말을 진심처럼 받아들였다. '나도 당신들에게 줄 혜택이 있다'고 강조한 이유가 '내게도 혜택을 달라'는 게 아니라, '그만큼 당신들과 계속 함께하고 싶다'는 말 같아서.

　그의 반복된 말들 속에서 나는 나를 찾으려 애썼다. 서른이 되기 전 나는 사회생활을 시작했고, 이제 갓 만 10년이 지났다. 그간 만난 사람 중에 '내가 뭐라도 해주지 않아도' 되는 인간관계가 몇이나 될까? 나에게 그런 존재로 남은 사람을 세어보기 이전에, 내가 누군가에게 그런 사람이었는지부터 돌아봐야 할 것 같다. A씨가 내게 몇 번이고 그 말을 되뇌었을 때는 '너는 이렇게 뭔가 해주지 않으면 나와 관계를 지속할 생각이 없는 사람일 것 아니냐'라는 의심도 있었을 테니. 그 의심의 일부는 정말 그렇게 살아왔을지도 모를 나의 몫일 테니.

　'A씨, 그때 만났던 사람이에요. 굳이 숙소 잘 알아봐주지 않으셔도 당신은 충분히 친해지고 싶은 사람입니다. 우리 서로 뭔가 주고받지 않아도 가끔 보면서 조금씩 다가가는 사이가 됩시다.'

　며칠 뒤, 나는 이렇게 문자를 보내… 려다 관두었다. 진심이긴 했지만 그것조차 성급해 보여서 말이다. 다만 언제라도 그와 다시 만날 기회가 있다면, 그 기회가 한 번이 되고 두 번이 되고 쌓여간다면 내 진심을 말이 아닌 것들로 스며들듯 전하리라, 라고 생각할 뿐이었다. 그는 좋은 사람 같아 보였으니까.

잘 가 소주야,
그동안 안 고마웠어

내겐
폭력적이었던
술

술병이 나서 며칠을 앓았다. 억지로 술을 들이켠 탓이다. 원인은 또 소주였다. 소주를 많이 마시고 나면 컨디션을 회복하기까지 적어도 이틀은 낭비한다. 나는 그 사실을 안다. 매번 그래왔으니까. 그래도 소주를 자주 마신다. 알코올 함량으로만 따지면 아마 살면서 가장 많이 마신 술일지도 모른다. 그저 이 사회에서 소주가 상징하는 가치들을 흔들 자신이 없었기에 그랬던 것 같다. 내 몸 버려가면서.

이렇게만 말하면 술과 거리가 먼 사람 같겠지만 우습게도 나의 가장 사랑하는 취미 중 하나는 음주다. 수제 맥주,

싱글몰트 위스키, 칵테일, 막걸리…. 알코올 중독까지는 아니어도 의존증은 명백하다 싶을 만큼 거의 매일 술을 즐긴다. 다만 조건이 있을 뿐이다. '좋아하는 술을 / 마시고 싶을 때 / 마시고 싶은 만큼만' 마시는 게 좋다. 이 중 하나라도 삐걱이면 술맛이 확 떨어진다. 그런데 살면서 소주를 마셔왔던 순간을 떠올리면 유독 저 조건들에 하나도 들어맞지 않았던 적이 많았다.

'좋아하는 술?'

나는 소주가 싫다. 단 한 번도 달았던 적이 없다. 애주가들이 들으면 혀를 끌끌 찰 말이겠지만. 일단 맛이 너무 일차원적이다. 알코올이 뭐랄까, 일은 잘하는데 공감 능력 없는 직장 상사처럼 다른 향들과 섞일 생각은 전혀 하지 않고 자기만 눈치 없이 목구멍으로 직진해댄다. 그 성급한 쓴맛이 혀의 감각부터 마비시키니 뒤따라오는 향을 음미할 새도 없이 미간을 찌푸리게 된다. 심지어 많이 마시면 속까지 뒤틀린다.

'마시고 싶을 때?'

술 당기는 날은 많았지만, 유독 소주만은 술을 마시고 싶지 않은 날마다 내 앞에 강제로 놓여 있었다. 내 의사와 관계없이 잡히는 회식 자리도 그렇고 친구들과 약속을 잡을 때도 주종이 소주로 결정되는 날은 뭔가 전투적인 분위기가 조성된다. 몸의 컨디션이 안 따라주더라도, 혹은 그냥 마시기 싫더라도 소주 앞에서는 '그래도 달려!'를 외쳐야 할 것만 같은 무언의 압박감이 나는 늘 거북했다.

'마시고 싶은 만큼?'

이게 가장 문제다. 억지로 한두 잔 정도야 상대를 위해 마셔줄 수도 있지만, 소주 마시는 자리는 대개 가볍게 끝나지 않는다. 취할 각오를 단단히 하고 온 사람들로 구성되는 경우가 많기 때문이다. 팀 회식에서 팀장이 소주를 주문하면 암묵적으로 '오늘은 죽자'는 메시지로 받아들여야 한다. 취재원이 소주를 권할 때는 '어색하니 일단 빨리 취하고 보자'는 말로 해석하면 된다. 옛 친구가 '맥주 한잔하자'고 하

면 할 얘기가 있다는 뜻이겠지만 '소주 한잔하자'고 연락이
오면 '취하고 싶으니 같이 취해달라'는 의미일 것이다. 술이
당길 때 가장 흔히 건네는 말이 '소주 한잔하자'지만, 다른
술과 달리 그 어떤 경우에도 정말로 '한 잔'만 한 적은 없는
술 아닌가.

이렇게 나와는 도통 궁합이 맞지 않는 술, 소주. 그런데
왜 여태껏 그 많고 많은 술 중에 소주를 가장 많이 마셔왔을
까? 돌아보건대 대학에 입학해 술을 처음 배울 때부터 직장
인이 되어서까지, '소주'로 대변되는 폭력적이고 집단적인
술 문화에 누구보다 잘 적응하는 사람으로 보이고 싶었기
때문이다.

남자들끼리 모인 집단에서는 유독 소주를 앞에 두면 암
묵적인 공감대가 형성된다. 이 단순하고 화끈한 술을 우리
가 함께, 얼마나 많이, 얼마나 공평하게 나눠 마시는가에 따
라 서로 우정을 시험하는 것이다. "우리 ~명이서 지금까지
~병을 마셨어"라고 계속 중간 집계를 해대거나, "다 8잔씩
마셨는데 너는 6잔째잖아"라며 취한 와중에도 놀라운 관찰
력을 발휘해 콕 집어내기도 한다. 남들 원샷 할 때 소위 '장

판'을 깔거나 나만 다른 술을 시키려고 하면 바로 비아냥의 대상이 된다. 심지어는 '이 자리를 중요하게 여기지 않는 것 아니냐'는 식으로 서운해하는 사람도 생긴다. 그런 그들을 실망시키지 않으려, 혹은 그저 약해 보이지 않으려 나는 함께 들이붓고, 취하고, 정신을 잃어왔다. 그리고 다음 날 서로에게 진한 후회를 뿜내며 '우리는 더 깊어졌다'고 속으로 위안했다. 악순환이다.

취재원과의 술자리나 회식 자리도 마찬가지다. "마셔! 마셔!"를 외치거나 파도타기를 하는 등의 강압적 자리가 생길 때마다 사람들은 바뀌어도 소주는 여고괴담의 귀신처럼 늘 거기 있었다. 나는 그 자리에서 스스로를 배제할 용기가 없었다. 도리어 독한 전쟁에서 끝까지 살아남거나, 심지어 분위기를 주도하는 기자처럼 각인되고 싶었다. 사람들은 도대체 왜 소주가 없으면 속 얘기를 꺼내지 못하고 화합할 방도를 찾지 못하는 걸까 몹시 궁금하기도 했지만 거기까지였다. 그냥 입 다물고 같이 마셔주는 게 여러모로 가장 편했으니까. 그렇게 20년을 끈질기게 마셔왔다. 단 한 번도 좋아한 적 없는 종류의 술을.

이제 마흔 줄. 불혹의 나이에 첫 휴직을 계획하면서, 나는 사회생활을 핑계로 지속해왔던 여러 관계의 유혹에서 벗어나기로 결심했다. 더러워진 정신머리를 맑게 정화하지 않으면 나이가 들수록 숙성되는 게 아니라 썩어갈 것만 같았다. 내가 혀를 끌끌 차며 '저렇게 되지는 말아야지'라고 비아냥댔던 그 어른들처럼. 게다가 조금씩 불길한 신호를 보내는 몸 상태도 슬슬 걱정스러웠다. 나는 나의 정신과 건강을 해치는 것들에 대해 찬찬히 목록을 적어내렸다. 그 교집합, 그러니까 정신도 건강도 모두 갉아먹는 바이러스의 맨 윗칸은, 소주의 차지였다. 그래서 끊기로 했다. 소주부터.

내년 1월 1일이면 깡소주는 다시는 내 몸에 침입하지 못한다. 들어오려면 내가 좋아하는 황금 비율의 소폭(소주 폭탄주)으로 맛있게 변신해서 들어오든가(맛있으면 정신까지 해치진 않을 거란 기막힌 자기합리화), 탄산수에 섞여 숨어 들어오든가 해야 할 것이다. 그렇지 않다면 가차 없다. 소주든 뭐든 마찬가지다. 앞으로는 좋아하지도 이롭지도 않은 모든 것들을 모종의 강제된 이유로 몸에 들이는 일은 없을 거다.

서민의 정겨운 술인 소주가 이 소식을 들으면 어리둥절할 노릇이겠다. 사실 소주가 뭔 죄가 있겠는가. 이 값싼 마약을 활용해 타인도 자신만큼 취해주길 바라는 연약한 인간들이 죄지. 그렇더라도 내 경험 속에서 소주가 상징하는 그 모든 트라우마들, 이를테면 집단주의와 강압, 사회생활의 카르텔, 내 몸 버려가면서까지 잘나가고 싶던 무상한 성공욕 같은 것들과 단숨에 이별하는 유일한 방법은 죄 없는 이 녀석을 삶 밖으로 내모는 것뿐이라고 여겼다. 내년부터는 그 누구의 눈치도 보지 않고, 내가 정한 '술맛 나는 기준'에 따라서만 술을 마실 거다. 좋아하는 술을. 마시고 싶을 때. 마시고 싶은 만큼만.

사장이 회식에서 소주를 시켜도, 중요한 취재원이 권해도, 친구들끼리 오랜만에 모여 소주로 우정을 확인하려 해도 '난 다른 술 마시겠다'고 웃으며 말하려 한다. 굳이 싫어하는 술을 억지로 들이켜가며 사회생활이나 인간관계를 이어가지 않을 생각이다. 소주가 아니면 안 될 것 같은 위로와 연대의 순간에도 '소주 한잔할래?'라는 말 대신 '맛있는 술 한잔하자'고 조심스럽게 권해보려 한다. 소주 한잔은 더 이상 안 하기로 했지만 너의 곁에는 있어주겠다고. 사랑하는 다른 온갖 술로 더 최선을 다해 너와 취해주겠다고.

그동안 혈혈단신으로 사회적 관계를 쌓아가는 데 도움을 주고 때론 복잡하게 얽힌 시간을 마법처럼 풀어주고, 몇몇 단독 기사도 주고, 친구들과의 우정도 확인시켜준 술, 소주. 20년 함께한 지난한 추억들과 이별하려니 무릇 애틋해지지만, 어차피 끝낼 사이라면 질척이지 않고 냉정하게 마무리하고 싶은 마음이다.

잘 가, 소주야.
네 잘못은 아니지만, 사실 그동안 별로 안 고마웠어.

2020년 9월

꽃이 되고팠던
날들을 보내며

마흔이
되기 전에

해 지나면 마흔이다.

마흔. 그저 숫자일 뿐일 텐데 앞자리가 바뀌니 꽤나 무거
워 뵌다. 한 해가 아닌 10년의 마지막을 매듭지어야 할 것
같은 무게감이랄까. 정리의 계절 12월. 문득 열 손가락이 다
접힐 때까지 해를 거슬러 올라본다.

지나간 30대는 나를 어떻게 기억해줄까. 내가 내려두고
간 정류장마다 서 있는 과거의 나는 지금의 나에게 어떤 질
문을 던질까.

젊음이 그립니?

다행인 건지, 아직까진 그립지 않다. 나이 듦이 아직 그
렇게까지는 서럽지 않다. 10년 전으로 다시 돌아간다면야
좋겠지만 돌아갈 방법도 없고, 막상 돌아가도 그냥 지금껏
살아온 정도로 살 것 같아서.

다만 용기 내지 못한 몇몇 순간이 떠오르긴 한다. 그때
용기를 내어봤다면 어땠을까. 내 30대는 지금보다 크게 요
동쳤으려나. 서른아홉의 난 어디쯤 정착했을까. 주변 사람
들은 또 얼마나 달라졌으려나. 아마 누군가는 만나지도 못
했겠지. 상상하면 끝이 없기에 상상을 얼른 끝맺는다.

아직 기자가 좋니?

아직은 좋지만 좀 지친 것도 같다. 20대의 끝자락에서 처
음 기자가 되었을 때는 마냥 사랑스러운 직업이었다. 내 취
재 에너지로 사회를 변화시킬 수 있다고 믿었다. 그 믿음이
없었다면 나의 30대는 한없이 초라해진다. 아마 다시 스물
아홉으로 돌아간다고 해도 나는 기자를 할 거다. 그 어떤 화

려한 직업을 선택할 절대 권한을 준다고 해도.

다만 지금은 한계를 느낀다. 사회가 아닌 내 깜냥의 한계. 나조차 변하지 못하고 사는데 무슨 설익은 자각으로 사회 변화를 갈망했나 싶다. 지금은 나 하나 고칠 건 없는지 제대로 돌아보고, 크게 어긋나지 않는 방향으로 걸어가며 살자는 마음이 더 커졌다. 그 길만 이탈하지 않기에도 생은 비좁고 아슬아슬하다.

경쟁심은 살아 있니?

예전보다는 많이 사그라들었다. 1등 하고픈 마음, 숫자마저 1에 집착하던 고약한 기질도 30대 어느 무렵부터 시나브로 온화해졌다. 1등 해야 한다는 압박감은 누구의 요구도 아닌 내 스스로 탄생시킨 괴물이란 걸 이제는 안다.

언젠가부터는 위로 오르기보다 옆을 돌보며 살고 싶어졌다. 숫자도 직선뿐인 1보다는 직선과 곡선이 어우러진 2에 더 정이 가기 시작했다.

그래서 홀가분해졌지만 가끔은 허전하기도 하다. 경쟁심이 태워내던 에너지가 그리워질 때면. 타인을 향한 승부욕을 애써 잠재우다 보니 어느새 나 스스로를 향한 승부욕까지 함께 잠들어버린 것만 같다. 그저 나를 멈춰 세우고 다듬겠다는 핑계로 발전과 성장의 연료마저도 공급 중단하고 사는 건 아닌가 문득문득 돌아보게 된다.

여전히 꽃이고 싶니?

아니. 꼭 그렇지는 않다, 이제는. 30대는 분명 꽃이 되고 팠던 나날들이었다. 주인공 의식이 강한 학창 시절을 보내왔기에 직장 생활의 첫 시작도 그러했다.

조직의 중심에서 활짝 피고 싶었고 사회 변화의 정중앙부에서 화려하게 살다 지는 꿈을 꿨다. 그래서 가끔 변두리로 밀려난 때마다 적잖이 상처도 받았다. 조급한 마음에 어떻게든 구심력의 궤도에 다시 몸을 싣고파서 안달했던 기억이 많다. 그 부끄러움은 지금껏 나를 긁는다.

물론 여전히 주목받으며 살고 싶긴 하다. 타고난 기질 탓이겠지. 그러나 언젠가부터는 내가 받는 관심의 부피만큼 타인에게도 관심을 내어주는 사람이 되고 싶어졌다. 그리고 중심에서 스스로 한 발쯤 물러날 줄 아는 여유를 가지려 애쓰기 시작했다. 주인공이 된 기분에 취해 붕 떴을 때 내가 얼마나 가벼운 사람이었는지, 그 순간이 지나고 나면 얼마나 추락해왔는지 경험해봤기 때문일 것이다.

그래서, 40대에는 어떻게 살 거니?

꽃이 되고팠던 날들도 있었다. 이제는 거름이고 싶다. 누군가를 꽃피울 흙이고 싶다. 숫자 1이 아닌 2를 닮은 사람이고 싶다. 문득문득 뾰족하게 일어나려 하는 마음을 둥근 곡선 같은 생각들로 지그시 누르며 살아가고 싶다. 아마 그런 삶도 무척이나 어려울 것이다. 그래도 살면서 언젠가는 옮겨가야 할 길이라면 새로운 10년을 시작하는 지금이 때인 것 같다.

마흔의 봄이 오면 그래서 변두리로 간다. 생애 첫 휴직과 함께 빈집을 고쳐 공유서재의 문을 연다. 찾아오는 분들과 생각을 더하거나 나누고 잠자리와 편지지를 내어드리는 공간. 좁디좁지만 누군가에게는 소중한 기회를 열어줄지도 모를 품 넓은 공간. 나의 마흔은 거기서 시작된다. 재수학원에서 시작된 스물보다, 경찰서 기자실에서 시작된 서른보다, 더 숙성한 출발이기를.

2020년 12월

2장

어른스럽게
울기

'진짜 나'로
살지 못한 이유

ENTJ로 길러진
INFJ 남성

지난여름, 춘천에서 A와 대화를 나눌 때였다. 심리학을 전공했다는 A는 문득 MBTI가 뭐냐고 내게 물었다. 아마 몇 년 전이었다면 망설이지 않고 바로 대답했을 것이다. 고3 때 처음 어느 대학 연구기관에서 MBTI 검사를 받은 이후로 서른몇 살까지 쭉 같은 결과가 나왔기 때문이다. ENTJ. 이름도 거창한 '대담한 통솔자형'이다. 분석을 훑어보면 나는 열성이 많으며 자기주장이 강하면서 단호하고 지도력이 있단다. 활동적이고 장기적인 계획과 거시적 비전을 선호한단다. 지적 호기심이 높고 새로운 자극을 주는 아이디어에 높은 관심을 보이기도 한단다. 외향적이지만 외향형 중에는 가장 내향적이라고도 한다. 반면 다른 사람 의견에 귀를 잘 기울이지 않고 타인의 감정을 쉽게 무시하는 경향도 있단다. 얼추 틀리지 않는 것 같았다. 입보다 귀를 더 열고, 공감 능력을 키우려 애쓰는 것도 다 그런 면이 부족한 나 자신을 인지했기 때문일 테니까.

그중에서도 가장 달콤한 분석이 있다. '사회적으로 가장 성공하는 성격 유형'이라는 것이다. 전 세계 기준 전체 인구의 1.8% 정도로 적지만, 큰 영향력을 발휘하는 직군에 많이 분포한다고 한다. 저 멀리 시저와 나폴레옹부터 스티브 잡스와 잭 웰치까지 ENTJ(로 추정된다)라니, 어릴 적 처음 검사를 받았을 때부터 내가 얼마나 거창한 꿈에 부풀었을까. 다만 세상을 뒤집으려는 성격 탓에 대한민국 사회와는 어울리지 않고, 그래서인지 우리나라에서 가장 적은 유형이기도 하단다. 아무튼 이렇게 희소성도 있고 크게 될 확률도 높은 결과라니, 내가 ENTJ라는 사실에 남몰래 뿌듯해하며 살아온 것도 사실이다.

그런데 나는 A에게 명료하게 대답하지 못했다. 불과 1~2년 전부터 신기하게 MBTI 결과가 달라진 탓이다.

ENTJ로 나오는 경우는 점점 줄어들고, 대신 INFJ로 나올 때가 부쩍 늘었다. '새로운 나'인 INFJ의 분석을 보니 '통찰력 있는 선지자', 이것도 꽤 그럴듯하다. 인내심이 많고 통찰과 직관이 뛰어나며 화합을 추구하는 유형. 창의력과 독립심이 뛰어나며, 성숙해갈수록 말없이 타인에게 영향력을 끼치고 확고한 신념으로 자신의 영감을 구현시켜나가고….

이렇다는 나 자신에 막걸리 한 사발 들이킨 듯 취할 뻔하다가 뒷말을 보니 '목적 달성에 필요한 주변 조건들을 쉽게 경시하고, 자기 내부 갈등이 많다'는 단점도 있었다. 몇 년 전까지 나의 MBTI였던 ENTJ가 우리나라에서 가장 적은 유형이라면 INFJ는 전 세계에서 가장 희귀한 유형이라고 한다. 특히 남성은 0.8%밖에 되지 않는다더라. 예나 지금이나 나와 비슷한 성격이 거의 없다는 사실이 놀랍기도 흡족하기도 불안하기도 했다.

어쨌든 나의 변화를 들여다볼 필요가 있었다. 나는 왜 갑자기 외향(E)에서 내향(I)인으로 변했고, 사고 중심(T)에서 감정 중심(F)으로 변했을까? 얼핏 생각하면 나이가 들어서 말수가 좀 줄고 사람 만나기가 귀찮아진 것 같기도 하고 옛날보다 눈물이 많아진 것 같기도 하다. 하지만 단지 나이 때문으로 치부하고 마는 건 지나친 결과론 같았다. 지금의 MBTI 결과(INFJ)를 받아들고 어릴 적의 나를 비추어보면 도리어 ENTJ보다 훨씬 나의 '숨은 성향'에 가까웠기 때문이다. 나는 남몰래 지극히 내향적인 아이였다. 집에 친척들이 모이면 좁은 화장실로 숨어들었고, 친구들이 많아지면 조용히 무리를 빠져나와 혼자 있는 공간에서 날숨을 깊게 내쉬었다. 하굣길에는 혼자 음악을 들으며 가고 싶어서 같은 반 친구들이 모두 교문 밖을 나갈 때까지 구석진 곳에서 숨어 있기도 했다. 대학과 직장에 다니면서도 먼저 누구에게 밥을 먹자고 한 적이 거의 없다. 술을 좋아하지만 업무상으로나 예의상 잡아야 할 약속을 제외하면 누구에게 먼저 '한잔하자'고 제안한 적도 드물다. 여행도 대부분 혼자 다녔고 심지어는 가족에게도 고민을 털어놓거나 상담을 요구하지 않으며 살아왔다.

문제는 누구도 내가 이런 줄 모른다는 사실이다. 부모님도, 친한 친구들도 마찬가지다. 나를 아는 누군가에게 내가 내향인(I)이라고 말하면 코웃음 칠 거다. 가장 큰 삶의 무기가 사회생활이자 활발한 성격이고, 가장 왕성한 취미가 친구 만나기일 것 같은 놈이 내향적 어쩌고 들먹이는 게 얼마나 어이없을까. 그러고 보면 내가 크게 억울해할 자격도 없다. 나는 명백히 좀 나대는 어린이었고, 학창 시절 반장 선거도 매번 목숨 걸고 나갔고, 성인이 되어서도 어느 조직에서든 '인싸'가 되려 애써왔으니까. 그리고 일주일에 몇 차례씩은 술자리를 거르지 않고 살아왔으니 그런 소리 듣고도 남을 만하다.

MBTI라는 꽤 신빙성 있는 결과를 받아들고, 나는 그런 나와 이런 나 사이에 우두커니 서서 양쪽을 바라봤다. 돌이켜보면 나는 어릴 적부터 겉으로 드러나는 성격과 내면의 간극이 지나치게 벌어져 있던 사람이었다. 속에 품은 내향성을 감춘 채 외향적인 내 모습에 박수받으며 스스로 뿌듯해하며 취하며 살아왔다. 모두가 그걸 원하는 것 같아서 그랬다. 나에게는 예나 지금이나 버리기 힘든 강박이 있는데, 바로 '멋진 사람'이 되고 싶다는 욕망이다. 이룬 적 없기에 계속 꾸고 있는 꿈인지도 모르겠다. 지금은 그 멋짐이란 게 속 깊은 데에서 배어 나와야 한다는 걸 인지해가고 있지만, 어릴 적 꿈꾸던 멋진 사람은 곧 멋져 '보이는' 사람쯤이었을 것이다. 그리고 당시에는 지금보다 그런 멋진 남자의 기준이 훨씬 좁고 확고했다. 어디 가서든 리더가 되고, 운동을 잘하고, 기개와 고집이 있고, 사회생활도 잘해야 했다. 그 반대편에 있는 듯한 기질은 숨기거나 버리는 게 나았다. 예민하면, 쪼잔하면, 적응력이 부족하면, 눈물 질질 짜면, 운동을 못하면 안 됐다. 작은 소리를 듣는 사람보다 큰 소리를 내뱉는 사람이 더 남자다웠다. 남에게 좀 피해를 주거나 실수를 저질러도 거침없는 성격이어야 더 남자다웠다.

그런 생태계에서 나는 그저 살아남고 싶은 마음을 넘어 인정받고, 잘나가고 싶었다. 그래서 스스로 멋진 남자와 어울리지 않는 나의 소중한 기질을 '나답지 않다'고 배척하며 살아왔다. 남성 사회에서 중심에 설수록 부모님과 주변 사람들에게 칭송을 들으니 외향성(E)과 사고 중심(T) 성향은 제동장치도 없이 강화되었다. 고교나 대학 동아리를 택할 때도 진짜 원하는 데는 따로 있었지만 결국 '가장 잘나가는' 동아리에 지원서를 내밀었다. 졸업 후 직업과 직장을 선택할 때도 마찬가지였다. 남들이 인정하거나 감탄할 수 있는 직장인이 되는 게 중요한 기준이었다. 그건 내가 아니었지만, 그게 나이기도 했다. 남과 비교해 우월하고, 더 아는 사람이 많고, 더 일을 잘하기 (혹은 잘해 보이기) 위해 모든 에너지를 쏟는 어른으로 나는 점차 성장해갔다. ENTJ로 사는 게 가장 멋져 보였던 아이는 결국 진정한 ENTJ가 된 것이다.

그런데 신기하게도 그렇게 사는 삶이 완전하게 행복하지 못했다. 업무를 꽤 훌륭하게 완수해내도, 조직에서 인정받는 '인싸'가 돼도, 누가 봐도 친구가 많은 성격 좋은 사람으로 인식돼도 무언가 마음이 채워지지 않았다. 그런 인정의 뿌듯함은 비교적 수월하게 얻어졌지만 아주 쉽게 증발하기도 했다. 다 떠나서 진짜 내가 아닌 것 같았다. '그렇게 사는 것'과 '진짜 그런 것'은 명백히 다르다는 게, 그렇게 살아갈수록 더 감각되었다. 도리어 내가 완전한 행복을 누리는 순간은 전혀 다른 데 있는 것만 같았다. 어릴 적 종가인 우리집에 친척들 수십 명이 모여 종손인 나를 '집안의 대들보'라며 추어올려 줄 때도 나는 그 순간보다 혼자 화장실에 숨어들어 나만의 세계를 상상하던 순간이 더 행복했다. 커가면서도 영화나 음악을 감상하며 혼자 펑펑 울 때, 집에 돌아오는 길이 완벽히 어둡고 고요할 때 몹시 행복했다. 어른이 되어서도 모두 함께 어울리는 기분을 만끽할 때보다 혼자 여행을 떠나 완전히 고립되어 있을 때 더 행복했다.

아마 나는 '멋진 사람'으로 보이고픈 강박에 스스로에게 탈을 씌우며 성장해왔던 것 같다. 그렇게 살면 살수록 도리어 멋진 사람에게서 점점 멀어졌겠지만 나는 취해 있었으니 눈치채지 못했을 것이다. 그나마 이제라도 조금씩 깨달아가고 있는 것은 다행이다. 이제는 남들 눈에 멋져 보이는 나보다, 스스로 생각하기에 가장 나다운 나를 향해 한 걸음씩 내딛는 과정을 뒤늦게 밟고 있다. 무언가를 상상하고, 그 상상을 현실로 완성해나갈 때의 나. 글을 쓰고, 영상을 만들고, 그런 창조와 창작의 작업에 외로이 묻혀 있을 때의 나. 사회생활보다 나만의 시간에 더 몰두하는 나. 1~2년 전부터 그렇게 매주 글을 쓰기 시작했고, 휴직을 하고 춘천에 있는 폐가를 고쳐 공유서재로 만들기 시작했다. 누가 돈을 주지도, 다른 달콤한 보상을 보장해주지도 않지만 이게 진짜 나인 것만 같은 순간순간이었다. 그렇게 지난해와 올해는 내 생애에서 가장 '완벽한 행복'에 가까운 시절로 남았고 지금도 현재진행형이다.

물론 MBTI가 나의 성향을 완전히 대변해줄 리는 없다. 범주화와 일반화가 얼마나 사고를 단절시키는지도 알기에,

단 16개의 성향으로 전 인류를 단순하게 묶은 검사에 과하게 몰입하거나 복종하고 싶지도 않다. 하지만 얼마 전부터 신기하게 유행하기 시작한 이 검사 덕분에 뒤늦게나마 진짜 나를 거슬러 올라보게 된 것만은 분명하다.

여전히 나는 친구들에게, 혹은 직장으로 돌아가서도 ENTJ의 특성처럼 행동할지 모른다. 후천적일지라도 삼십 년 넘게 굳어진 성격이 어찌 쉽게 변하겠는가. 그렇게 길러진 나 역시 또 다른 나일 테고 그런 내가 사회적으로 더 유용하기도 하니까. 그러나 앞으로 내가 살면서 지향해야 할 삶은 어느 성향에 더 가까이 가닿아야 할지 이제는 알 것 같다. 외향보다 내면에 더 집중하고, 감정을 업신여기지 않는 삶을 사는 것. 사회적 성공보다 개인적 성숙에 무게추를 두는 일상을 꾸리는 것. 그게 바로 '길러진' 내가 도저히 채울 수 없던 진짜 나를 완성해가는 길일 터이다. 나답게 사는 일은 누구에게나 주어진 숙제이며 결국에 다다라야 할 생의 목적지일 테니까.

당신의 외로움은
얼마인가요?

어느 소년의
이야기

외로움을 사고 싶던 소년이 있었다.

소년은 외로움이란 감정이 어디서 오는 건지 모르고 자랐다. 아마 태생부터 그랬을 것이다. 세상에 태어났음을 인지한 순간부터 그의 집엔 여섯 식구가 빽빽하게 들어차 있었다. 초등학교에 입학하고 독립된 방에서 자야 할 무렵부터는 아빠보다 그와 나이가 더 가까운 어린 삼촌과 한 방을 썼다. 삼촌이 장가를 가면 또 다른 삼촌이 시골에서 올라왔고 그의 방은 또다시 공유당했다. 명절이면 서른 명 가까운 친척이 며칠 내내 집 안을 숨 막히게 채웠다. 소년의 집은 종가였기 때문이다. 그는 혼자 있고 싶어 하는 기질을 지니고 태어났지만 아무도 그걸 눈치채지는 못했다. 동일한 크기의 집에 가족이 늘어갈 때마다 그는 공간을 빼앗기는 기분에 몸을 움츠렸다. 하필 후각마저 예민해 사람 냄새가 코를 자극해대기 시작하면 소년은 자기만의 공간을 찾아 숨어들었다. 캄캄한 장롱 속에서 혹은 화장실 문을 걸어 잠그고 몇 시간을 웅크리거나 누워 있었다.

소년의 아파트 옆집과 위층 집에는 동갑내기 친구들이 살고 있었다. 네 살 때부터 같은 유치원, 같은 초등학교, 같은 중학교를 매일 나란히 등하교했다. 소년은 어릴 적부터 생각이 잡다하게 많은 편이었지만 그 생각을 정리할 시간이 늘 부족했다. 집에, 등하굣길에, 학교에, 온통 곁에 사람 투성이였다. 그러니까 소년은, 겉보기에 무척 행복한 사람이었다. 소년은 혼자 있고 싶어 하는 기질을 발현할 기회조차 얻지 못한 채 대인관계 원만하고 사회성 밝은 아이로 무럭무럭 자랐다. 소년도 그걸 잘 알고 있었다. 듣는 칭찬이 대부분 그랬으니까.

사춘기가 찾아오면서 소년은 혼란을 겪었다. 막 일렁이기 시작한 소년의 가슴을 파고든 건 음악과 문학이었다. 책을 읽고 있으면, 록 음악을 듣고 있으면 세상에 혼자 남겨진 것 같아 황홀했다. 그들을 닮고 싶어 소설을 끄적이기 시작하고 함께 살던 삼촌을 졸라 전자기타를 샀다.

그러나 이내 괴로움이 그 설렘을 앗아갔다. 소년에게 선망이 된 작가들과 뮤지션의 교집합이, 그에겐 태생적으로 부재한 '외로움의 정서'에서 비롯된다는 걸 깨달아버린 탓이다. 그들과 교감하고 싶었지만 그럴 수 없는 운명임을 소년은 수긍해야 했다. 제프 버클리, 산울림, 너바나의 노래를 들으며 외로움을 부단히 과외받았지만 그럴수록 다다를 수 없는 감정이라는 걸 확인할 뿐이었다. 외로움은 천재들의 울타리이자 그들과 자신의 경계를 가르는 좁은 문처럼 여겨졌다. 그들이 사무친 외로움을 예술로 승화하기까지 얼마나 고통스러운 삶을 감내했을지까지는 생각이 닿지 못했던 소년은, 제 안온함은 잊은 채 몸서리치게 그들을 질투할 뿐이었다. 그들의 외로움을 돈을 주고라도 사고 싶다며.

고등학교 들어서 소년은 마법처럼 첫사랑에 빠졌다. 죽을 때까지 사랑하겠노라 주문을 외면서도 한편으로는 뮤지

션과 작가들이 죽을 것처럼 내밀하게 묘사해놓은 이별이라는 감정을 자신도 언젠가 겪게 된다는 사실에 묘한 흥분을 느꼈다. 그 순간이 오지 않기를 기도하면서 오기를 바랐다. 그러나 헤어짐에 익숙하지 않았던 소년은 5년이나 이별을 유예했고, 이별한 직후에는 다른 사랑을 만나 또 길쭉하게 사랑해버리고 말았다. 누군가를 곁에 두는 것. 그것은 소년에게 그다지 어렵지 않은 일이었다. 소년은 그렇게 길러졌으니까.

우리나라에서 가장 무거운 단어인 '고3' 시절. 소년은 처음으로 잠시나마 외로움에 닿아본 듯했다. 친구들과 독서실이나 학원에 떼지어 몰려다녔지만 처음으로 외따로 걷고 있다는 기분이 들었다. 모두가 모두를 소외하고 각자도생하던 시기. 소년은 그 분위기가 반가우면서도 무서웠다. 친구에게 거듭 함께라는 걸 확인받거나 밤늦도록 공부 대신 일기를 쓰며 마음을 진정시켰다. 그토록 원하던 외로움의 시간이 손을 내밀었는데 소년은 도리어 공포에 휩싸여 등을 돌려버리고 만 것이다. 특정한 정서의 발달이 유난히 느렸던 소년은 외로움마저 강제되지 않고 제가 선택하길 바랐던 것 같다. 아마도 고통을 생선 뼈처럼 발라낸, 외로움의 살갗만 탐했던 거겠지. 그러니까 소년은, 고독과 외로움을 구분할 줄도 모르고 살아왔던 거다.

긴 장마로 땅이 검고 축축해진 고3의 여름날. 자정 넘어 독서실에서 집으로 돌아오던 길. 라디오헤드 〈OK Computer〉 CD의 4번 트랙을 듣다가 처음으로 소년은 죽고 싶다고 생각했다. 노래 제목이 이끄는 대로 다른 차원의 세계로 탈출하고 싶다고. 8차선 도로에서 춤추는 저 헤드라이트 불빛의 행렬 속으로 어서 뛰어들고 싶다고. 연붉게 일렁이는 물결에 한참 시선을 고정하다, 소년은 이내 정신을 차렸다. 정신을 차리는 게 정해진 수순인 것만 같았다. 소년에겐 가족들이 기다리고 있었다.

대학을 가고, 군에 입대했지만 소년의 곁에는 늘 포근한 사람들이 넘치지 않을 만큼 잔존해주었다. 그들은 소년을 결코 외롭게 두지 않았다. 대학 입학 후 식구들이 우글거리는 집을 탈출해 혼자 자취방을 꾸릴 때는 꿈만 같았다. 그러나 시급 1,800원 알바비로는 월세를 감당하지 못해 결국 선배의 하숙방으로 기어들어 갔다. 단돈 5만 원만 받고 선뜻 자기 방의 반을 내어준 좋은 선배가 있었기에 가능한 일이었다. 군에서 제대하고 다시 고시원 생활을 시작했지만 이내 대학 동기가 투룸 중 방 하나가 비었다며 같이 살자고 제안했다. 소년은 한 평 남짓 고시원 생활이 몹시 행복했지만 그 제안을 받아들였다. 소년은 이미 기질을 잃어가고 있었는지도 모른다.

때로는 주변 사람들에게 이런 고민을 털어놓고 싶었지만 소년은 결코 입 밖에 내지 않았다. 그는 잘 사회화된 인간이었기에 이런 종류의 고민이 얼마나 배불러 터진, 재수 없는 소리인지 충분히 가늠하고도 남았다. 외로움이라는 정서의 부재가 내면의 성장을 가로막았다고 털어놓는다면 얼마나 철없어 보일까. 지독히 외로워봤던 이에게 '당신의 외로움을 조금 사고 싶다'고 차마 말할 수도 없는 노릇이었다. 누구도 상처 입히기 싫었기에 소년은 그저 배부른 고민을 하는 삶에 감사하는 쪽으로 서둘러 결론을 매듭짓고 얼토당토않은 소망을 마음의 서랍 속에 깊이 묻어두었다.

말 못 할 고민을 앓던 소년은 결국 스스로 근사한 해결책을 찾아냈다. 남에게 비아냥을 듣거나 상처 주지 않으면서 외로움을 돈 주고 사는 방법 말이다. 혼자 떠나는 여행이 꽤 멋진 해답이 되어주었다. 그는 대학생으로는 감당하기 힘든 거액의 비행기값을 애써 모아가면서 아무도 모르는 곳을 찾아 떠나기 시작했다. 한국말이 들리지 않는 곳만 골라다녔기에 그의 여행은 늘 생소하고 외로웠다. 그 감정을 소년은 마음에 꾹꾹 눌러 담았다. 제 의지로 온종일 한마디도 하지 않을 수 있는 세상이라니. 여행하고 돌아오면 혼자 있고픈 충동이 한 꺼풀 벗겨졌고 다시 온갖 존재와 비존재가 어우러진 일상에 감사하며 적응해나갔다. 그렇게 10년이 넘도록 틈만 나면 거미줄처럼 과하게 얽힌 도시를 벗어났다. 비싼 외로움을 사기 위해. 물론 그가 멀리까지 가서 샀던 감정은 외로움이 아니라 고독이었을 것이다. 외로움은 결코 자의일 수 없을 테니까.

그러던 2018년의 첫겨울. 직장 생활에 한창이던 소년은 씻겨내기 힘든 큰 사고를 인생에 얼룩처럼 묻히고 말았다. 신뢰도를 먹고사는 회사인데 그의 판단착오로 한순간에 신뢰가 무너져버린 것이다. 동료들이 한 겹씩이라도 쌓아 올리려 부단히 애쓰던 그 '신뢰'가 말이다. 그리고 그 실수로 인해 그가 사랑하던 지인들까지 인터넷에 신상이 노출되며 조롱거리가 됐다. 지인들은 소년을 믿은 죄로 자신의 과거와 가족까지 익명의 댓글러들에게 까발려져야 했다.

우를 범하고 난 뒤 소년은 제 방에서 불도 켜지 않고 하룻밤을 보냈다. 그의 스마트폰은 기자들과 지인들의 연락으로 불이 났다. 처음으로 약을 삼켜보고, 전화기를 변기에 넣고 물을 내리는 꿈도 꿔봤지만 딱히 달라지는 건 없었다. 그렇게 며칠이 악몽처럼 흘렀다. 아마도 소년이 온전히 강제로 겪어본 첫 '혼자만의 시간'이었을 것이다. 세상의 모든 세포가 내 반대편으로 등을 돌리고 있는 기분.

모든 처음은 어린아이가 되어 맞을 수밖에 없는 걸까. 소년은 어쩌면 짧았을 며칠의 시간 동안 스스로를 가두면서, 어릴 적 엄마처럼 누군가 제 곁을 지켜주길 간절히 바라고 바랐다. 잠근 방문을 억지로 부수고라도 들어와 나를 덥석 안아주길, 전화를 10통 받지 않아도 11통째 해줘서 괜찮냐고 내게 물어주길, 아무라도 제발 그래주길 간절히, 간절히 바랐다.

혼자 맞이하던 몇 번째 밤이었을까. 소년은 고3 시절 이후 처음으로 신을 찾았다. 그리고 사랑하는 사람들의 이름을 한 명씩 소리 내어 읊었다. 그러지 않으면 이 사회에서 이 직업으로 다시 살아갈 용기가 나지 않을 것만 같았다. 다시는 외롭지 않겠다고 노래하던 한 뮤지션의 노랫말*이 귓가에 들렸다. 그제야 문득, 타인의 외로운 시간들이 소년의 생채기 난 가슴에 스미듯 말을 건넸다.

이게 외로움이야.
이 철없는 어른아이야.

불과 며칠뿐이었던 이 숨 막히는 시간을 누군가는 몇 년씩, 몇십 년씩 일상처럼 겪으며 살아갔겠지. 그래도 그들은 살아가고 있겠지. 강제로라도 무뎌진 사람들일 테니까.

시간이 물처럼 흘러 모든 것을 정화했다. 며칠간의 짧은 외로움에 허우적거리던 소년은 그 후로도 씩씩하게 회사를 다니고 있다. 여전히 외로움에 대한 양가의 감정을 떠안은 채. 그날 이후 외로움 앞에 한껏 겸손해졌지만 여전히 선망하는 마음도 다 삭이지는 못하면서 말이다.

얼마 후 소년은 휴직을 하고 아무 연고 없는 지방으로 잠

* 영원히 그립지 않을 시간 / 언니네 이발관

시 떠날 계획을 세웠다. 거기서 친구도 기댈 곳도 없는 삶을 겪어볼 요량이었다. 그것마저 배부른 소리겠지만 그 고독의 시간을 앞두고 마음이 춤추는 것만은 어쩔 수 없었다. 그러나 한편으로 소년은 그 순간을 가장 두려워하고 있는 사람이 바로 자신이라는 걸 이제는 충분히 감지한다. 그가 외로움을 미리 돈을 주고라도 사고 싶었던 건 언젠가 다가올지도 모를 '강제로 혼자 남겨질' 순간에 자신이 누구보다 취약하다는 걸 본능적으로 직감했기 때문일 것이다. 그래서 백신을 맞듯, 사전 예행 연습을 하듯 고독이라도 한 줌 체험해 보고 싶은 마음이었을 것이다. 그는 그런 마음으로 평생을 살아온 서울을 잠시 떠나기로 했다.

외로움은 누군가에겐 죽음에 이르는 질병이다. 지독하게 외로움을 앓아봤거나 앓고 있는 사람들이 이 글을 본다면 소년을 세상 물정 모르는 어린애 취급할지 모를 일이다. 사실이 그렇기도 하다. 게다가 누군가를 죽이는 감정을 자신의 성장을 위한 도구로 이용하려는 심보는 문득 섬뜩하기까지 하다. 그렇기에 쉬 털어놓지도 못할 고민을 가슴에 잔뜩 안고, 소년은 오늘 밤도 상상 속의 외로움을 원하고 원망

하다 잠이 든다. 언젠가 닥칠 더 큰 외로움을 감당해내기 위해 지금부터 조금씩이라도 외롭고 싶다며. 삶에게 무례하지만 그게 삶을 지켜줄 최후의 안전장치인 것만 같다고 몹쓸 예감을 하면서.

화 다스리는 법을
일러준 사람

두 영적
스승을
추모하며

어릴 적의 난 웃음만큼 화가 많은 아이였다. 친구와 주먹다짐을 하고 선생님이나 윗사람에게 불쑥 화내는 일도 잦았다. 학창 시절부터 욱하는 성질은 내 명찰과도 같아서, 교실에서 나 아닌 누군가가 욱하는 일이 벌어지면 친구들은 "재 형석화(化)됐다"며 놀려대기도 했다. 미성숙한 나이에는 누구나 감정 조절에 익숙지 않기 마련이라고 보듬기에는 보편보다 훨씬 더 숱하게 성질머리를 드러내곤 했다. 명백히 이해심보다는 투쟁심이 키우던 아이였던 게다. 그로 인해 그르친 일도, 떠나간 친구도 많았을 것이다. 그렇게 쉽게 열받고 열 내며 무늬만 성장한 어른이 되었다.

　스물한 살의 오월. 성인식 선물로 향수와 꽃 대신 책 한 권을 받았다. 책 제목은 〈화(anger)〉였다. 발음하기도 어려운 베트남 스님 '틱낫한'의 저서였다. 탐탁지 않게 펴든 책 속에는 내가 어른이 되기 전에 풀어야 할 감정의 숙제들이 빼곡 담겨 있었다. 영이 맑은 이 베트남 스님은 화를 참는 것도, 분풀이 대상을 찾는 것도 근본적인 해결책이 아니라고 했다. 그는 화를 울고 있는 아기라고 생각하고 보듬고 달래라고 충고했다. 또한 어떠한 자극에도 감정의 동요를 받지 않고 늘 평상심을 유지하는 방법에 대해 일러주었다. 나아가 우리가 대하는 자연이나 음식에도 화가 깃들지 않아야만 우리도 평온하게 살 수 있다고 설파했다. 배터리 케이지에 갇힌 닭을 요리해 먹으면, 닭이 품은 화가 우리 몸속에 흡수된다는 식이었다. 과학의 관점에서 도무지 믿기진 않으나 무슨 말씀을 하려는지는 알 것 같았다. 과학보다 넓은 시야로 보면 맞는 원리일지 모르겠다는 생각도 설핏 들었다. 어릴 적 짝사랑을 쫓아 성당을 열심히 다니던 소년은, 도리어 그렇게 타국의 스님이 쓴 책 한 권을 통해 처음으로 내면의 화를 마주 보게 되었다.

두 해가 지나고, 또 다른 스님의 책을 만났다. 엄마 책장에 오랫동안 꽂혀 있었지만 무관심했던 책, 법정 스님의 '무소유'였다. 소유욕이 많았던 아이에겐 제목만으로도 반발심을 불러일으키기 충분했다. '저거 다 거짓말일 거야', '스님도 뭔가 가져놓고 저런 말 하겠지'라는 의심으로 가득 차 책장에서 꺼내어볼 생각도 하지 않았다. 그러다 군대의 작은 도서관에서 다시 그 책과 마주쳤다. 공부하느라, 경쟁하느라, 술 마시느라 오직 분주했던 청춘을 뒤로하고 매일 한가한 지옥에서 시간을 때우던 시절이었다. 졸지에 군인이 된 마음이 삭막해져서인지 여유로워져서인지는 모르겠지만 불현듯 오래 외면해오던 그 낡은 책의 속살이 궁금해졌다.

책을 펴들고 얼마 지나지 않아 어릴 적부터 품어왔던 의심은 깨끗이 씻겨내렸다. 마음의 안개가 미속 재생하듯 걷히던 몰입감을 여전히 기억한다. 책을 덮은 뒤 처음 돌아봤던 건 아니나 다를까 자주 '욱'하던 나의 마음이었다. 내가 화를 낸 순간들을 반추해보면 대부분 나의 욕심이 때처럼 덕지덕지 묻어 있었다. 애인에게 화를 낸 것도 대개 (사람에 대한) 소유욕 탓이었고, 부모에게 화를 낸 것도 인정욕 탓이었다. 친구와의 다툼도 승리욕과 과시욕에서 비롯된 경우가 많았다. 나의 화는 결국 누구도 아닌 내 욕심이 발화한 것임을, 스님은 인정하라고 설득했다. 그날 밤 내무반 천장을 바라보며 어설피 다짐했다. 죽어도 스님처럼 무소유하며 살지는 못하겠지만 적어도 소유의 경쟁판에서 남에게 상처 주며 살지는 말자고.

여섯 해가 지났다. 제대를 하고 졸업을 하고 갓 취직을 했을 무렵 법정 스님이 열반했다는 뉴스를 접했다. 수습기자 3개월 차, 이러다 죽을 것 같이 바쁘고 지치던 시절이었다. 타사와의 치열한 경쟁 속에 궁지에 몰린 듯 하루하루를 살다 보니 분노 다스리는 일에 자주 실패했다. 다 큰 어른이 되어가지고는 한껏 목소리가 커지거나 욕설을 내뱉는 일이 잦아졌다. 틱낫한 스님과 법정 스님을 알기 전 내 안에 기생하던 괴물이 다시 마음을 스멀스멀 장악하고 있었다. 그래도 그날 밤만은 차분한 추모의 심정으로 〈무소유〉를 다시 펴들었다. 잠시나마 현실의 괴로움과 화가 씻기는 듯했다. 책을 덮은 뒤에도 스님의 법문과 인터뷰를 검색해보며 늦은 밤의 적막을 달랬다. 아쉬운 듯 모자라게 살라는, 더울 때는 내가 더위가 되는 게 순리라는 말씀이 몸 어딘가에 박혔다. 왜 화가 난 듯 살았을까. 타사 수습기자를 이기고 싶어서. 왜 이기고 싶었을까. 갖고 싶어서. 회사에서의 인정을, 출입처에서의 권위를, 명예를, 특종상을, 갖고 싶어서. 법정 스님은 유언에서까지 이런 나를 괴롭혔다.

"장례식 하지 마라. 관 짜지 마라. 평소 입던 무명옷을 입혀라."

불을 끄고 누운 까만 밤. 무엇이든 될 수 있는 내 방 천장에 지금의 괴물 같은 내 모습을 그려보며 펑펑 울었다. 부끄러워서. 부끄러워서.

그리고 열두 해가 지났다. 마흔 줄에 접어든 어느 겨울, 틱낫한 스님의 열반 소식을 들었다. 그사이 나는 직장을 한번 옮겼고, 휴직을 했고, 춘천에 와서 작은 공유서재를 차리고 살고 있었다. 경쟁이 치열한 언론 생태계에서 잠시 벗어날 용기를 내었던 데에는 아마도 스물한 살 성인식 때 먼 이국 스님의 책을 만났던 나비효과도 있었을 것이다. 스님의 '화 다스리는 법'을 읽으며 비로소 성인이 되어갔고, 경쟁에서 이기는 것보다 내 마음을 다스리는 일이 우선이라고 인지하기 시작했으니까. 물론 그 성질머리 어디 간 것은 아니다. 직장을 다니면서도 여러 번 욱하는 성미 탓에 일을 그르치거나 부서에서 쫓겨난 적도 있었다. 팀 회의 시간에도 벌컥 화를 냈던 기억이 숱하다. 스님의 가르침을 읽었다기에는 낯부끄러운 모습들이다. 그래도 이젠 적어도 내면의 화를 마주 볼 용기 정도는 품고 산다. 꼭 내야 하는 화인지 미리 스스로에게 묻기도 하고 화를 낸 뒤 재빠르게 마음을 다독이거나 타인에게 사과를 건네기도 한다. 화의 기원을 밝혀내어 반성의 시간을 보내는 일도 잦다. 춘천에 온 결정적인 이유 역시 나를 화나게 하는 나 자신으로부터 도망치기 위해서였다. 그렇게 봄이라는 이름의 도시에서 보낸 지난 1년은, 평생 지겹도록 나를 쫓아다닌 '화'에게서 가장 멀어져 있던 나날들이었다.

틱낫한 스님은 한평생 전쟁과 폭력의 역사를 마주하면서도 자비를 잃지 않고 온몸으로 화해를 실천해왔다. 화는 전쟁을, 전쟁은 죽음을 부른다. 총칼을 겨누지 않더라도 사회 곳곳에서 전쟁이 벌어지고 있는 우리 사회에 틱낫한 스님의 '화 치유법'은 유효할 것이다. 물론 정반대로 살면서 가장 평온한 시기를 보내고 있는 나에게도 마찬가지다. 지금이 길이 맞는지, 혹시 비겁하게 도망쳐온 것은 아닌지, 복직하고 서울로 돌아가서 다시 경쟁을 버텨낼 힘이 남아 있는지 하루에도 몇 번씩 의심하고 자문하는 나에게 스님의 열반 소식은 고요한 하늘에서 울려 퍼지는 맑은 종소리 같았다. 이십 년 전 화가 많던 아이의 열을 조금이나마 식혀주었던 스님은 그렇게 떠나면서까지 다 큰 어른이 된 나를 달래주었다. 소식을 들은 날 밤엔 법정 스님이 열반에 들었을 때와 달리 책을 다시 펴들지는 않았다. 대신 같은 추모의 마음으로 글 한 편 남기기 위해 노트북을 열었다. 당신의 가르침으로 조금은 달라지고 누그러진 누군가가 있다는 걸 단단히 연결된 마음으로 기록하기 위해.

불교도는 아니지만 오늘만큼은 윤회를 믿어본다. 스님이 다음 세상에도 같은 모습으로 찾아와주길.

열세 살, 그때 당신을
만나지 않았더라면

나의
'인생 스승'

누구에게나 '인생 스승'이 있는 건 아니기에 나는 행운아다. 그것도 사춘기가 독하게 찾아온 초등학교 6학년 때 담임으로 선생님을 만났다. 20년이 훌쩍 지난 지금까지도 존함은 물론 연세와 말투까지도 선명히 기억하는, 김영석 선생님.

선생님을 만나기 전까지 난 극단적인 악동이었다. 좋게 봐주자면 나이치고 저항 의식이 강했다. 열한두 살 주제에 권위자의 말이라면 무조건 귀를 틀어막고 봤다. 부모님도, 선생님도 내겐 '권위자 1, 2, 3'일 뿐이었다. 그들 말의 옳고 그름은 잘 따지지 않았다. 그럴 현명함도 의지도 없었다. 다만 뭐든 날 억누르는 것들에 대항하고 싶었고, 그들의 지시와는 반대로 행동하고 싶어 몸이 달아올랐다.

내가 맞서서 저항하려던 권위자들은 대개 좋은 사람들이었기에, 그들의 말과 반대로 살다 보니 난 악행을 자주 저지르는 아이로 자라고 있었다. 불장난 클럽을 만들어 아파트 잔디밭을 태우기도 하고, 동네 슈퍼에서 도둑질을 하다 알바 형들에게 두들겨 맞기도 했다. 같은 잘못을 되풀이하진 않았던 것 같지만 이 잘못을 깨달으면 저 잘못으로 갈아타는 일상의 반복이었다. 죄의식도 죄를 지어봐야만 체득하는 아이였던 거다.

그 악행의 문이 닫히기 시작한 게 바로 6학년 때부터다. 체벌이 금지된 지금 세대에겐 놀라운 얘기겠지만 그 시절 나는 처음으로 학생을 때리지 않는 선생님이 있다는 걸 알았다. 그해 나의 담임선생님이 된 김영석 선생님. 선생님이 생소하던 '비폭력'을 몸소 실천하셨기 때문인지 그해 우리 반에선 그 흔하던 주먹다짐이 단 한 차례도 일어나지 않았다. 역시 요즘엔 당연한 얘기일지 모르겠지만.

내가 못된 짓을 할 때마다 다른 선생님들은 매를 들거나 엄마를 소환했는데 김영석 선생님은 엄마 대신 나를 방과 후에 남겨두고 반성문을 쓰도록 했다. 한참이고 내가 다 쓸 때까지 기다려주시고는, 그 반성문을 마주 앉아 같이 읽었다. 그리고 물으셨다. "형석이는 어떤 사람으로 살고 싶니?" 지금도 생생히 기억하는, 깊이 울리는 목소리로. 그럴 때마다 나는 대답 대신 눈물을 뚝뚝 떨궜다. 엄마도 아빠도 들어주지 않던 내 이야기였다.

악동이 쉽게 착해지진 않기에 난 방과 후 반성문을 자주 쓰는 아이가 되었다. 선생님과 단둘이 있고 싶은 마음도 들었기에 싫지만은 않았던 기억이다. 몇 차례 반성문을 쓰다가 어느 날 선생님이 물어보셨다.

"너, 학급신문 만들어볼래?"

방산초등학교 6학년 6반의 'YS의 제자들' 1호가 그렇게 탄생했다. 전지 두 장에 빼곡히 학교 소식과 만평을 담아 교실 뒤 칠판에 붙여놓으면 아이들이 몰려들었다. 그 뿌듯함에 2호, 3호를 매달 발행했다. 급기야 선생님은 나를 소년동아일보 기자로 추천해주셨다. 전국 초등학교로 매주 배달되는 어린이신문에 내 이름 석 자가 '기자'란 이름으로 찍혔다. 잘못만 잔뜩 써놓은 글 속에서 글쓰기 재능을 건져내주신 선생님. 나는 지금까지도 언론인으로 밥을 벌어먹으며 살고 있다.

사춘기를 지독하게 앓던 6학년이었기에, 딴에 가출까지 감행한 적도 있다. 깜깜한 밤, 친한 친구 두 명을 불러내어 집에 돌아가지 않겠다고 당차게 선언했다. 나보다 생각이 깊고 어른스러웠던 두 친구는 한참 내 말을 듣다가 조심스레 말을 꺼냈다. "우리 선생님한테 전화해서 물어보자." 나는 공중전화 박스에서 선생님 목소리를 듣자마자 엉엉 울었고, 선생님 말씀이니까 집으로 돌아갔다. 사춘기라서 모든 어른이 싫었지만 내가 위로받고 싶었던 건 결국 진짜 어른이었던 것 같다.

선생님은 자연과 친해지는 법도 일러주셨다. 나뿐 아니라 우리 반 아이들 모두에게 그러하셨다. 주말에는 종종 우리들과 등산도 다녔고 학교 앞 텃밭에서 함께 상추도 길렀다. 우리들은 선생님 추천으로 '그린스카우트'라는 어린이 환경보호 단체에도 가입했다. 쓰레기를 남몰래 버리기만 하다가 주워보기 시작한 첫 경험이었다. 착한 일을 하면서도 재미가 쏠쏠했다. 굳이 악행을 저지르지 않아도 주목받고 박수받는 삶이란 게 있었다니. 더 이상 못된 짓을 할 필요가 없었다.

무엇보다 선생님은 우리 모두를 학급이라는 작은 사회의 주인공으로 만들어주셨다. 학교 급훈도 우리 스스로 정했고 졸업 문집 제목도 학급 회의로 결정됐다. 덕분에 '최선을 다하자'는 밋밋한 급훈과 '우리들의 이야기'라는 평범한 제목의 문집이 탄생했지만, 우리 의견이기에 선생님은 개입하지 않고 따라주셨다. 그렇게 민주주의와 주인의식은 어린 마음들 속에 시나브로 싹을 틔웠다. 매주 토요일 4교시에 열린 우리 반 학급 회의는 12시 반까지 끝나야 했지만 매번 1시가 넘도록 이어졌다. 내 의견이 학급 정책에 반영된다는 효능감을 우리는 열세 살 나이에 맘껏 누리고 있었던 거다.

리더가 그러하니 학급은 늘 평화로웠고 아이들은 의욕이 넘쳤다. 공부를 잘하지 않더라도 우유 팩만 잘 씻어서 접으면 반의 주연이 될 수 있었다. 남이 주목받아도 배 아파하지 않(으려 애쓰)고, 다른 친구가 잘못하면 서로 감싸는 어른스러운 분위기까지 조성됐다. 그러다 보니 영화에서나 볼 법한 일도 벌어졌다. 반 친구의 물건이 없어졌을 때였는데, 선생님은 모두 눈을 감게 한 뒤 훔친 사람이 있으면 조용히 손을 들라고 하셨다. 잠시 뒤, 선생님이 울컥한 목소리로 모두 그 상태로 눈을 뜨라고 했다. 반 아이들 중 절반 가까이 손을 들고 있었다. 그 뒤로 다시는 도난 사건이 일어나지 않았다. 친구가 아파서 구토를 할 때도 도망가기보다 서로 닦아주고 토 묻은 걸레를 빨아주기 바빴다. 우린 선의의 경쟁이 아닌, 선의를 경쟁하고 있었다.

졸업을 앞두고 선생님은 내게 '진인사 대천명'이라는 글귀를 따로 써주셨다. 지금 보면 늘 결과만 바라고 과정을 생략하려 얕은수를 쓰던 내 폐부를 찌르는 한마디였다. 그래서 초등학교를 졸업한 뒤에도 남은 학창 시절 반칙을 저지르고 싶을 때마다, 노력도 안 하고 결실만 얻길 기대할 때마다 선생님이 써준 말씀을 떠올리며 마음을 바로 잡았던 기억이 많다. 선생님이 해준 말이니까 어떻게든 지켜내고 싶었다. 고3 시절에도 독서실 앞에 늘 적어두던, 나를 타이르고 위로하던 말이었다.

그렇게 선생님은 나를 사회에서 제 구실하는 어른으로 키워주셨지만 나는 주민등록상 어른이 된 이후로 선생님께 연락 한 번 제대로 드리지 못했다. 그나마 중·고등학교 때는 스승의 날마다 찾아갔지만 항상 너무 많은 제자가 찾아오는 바람에 선생님을 독차지할 수는 없었다. 결혼하고 어렵게 전화를 한 번 드렸는데, 퇴직하고 홍천에서 밭을 일구며 산다고 하셨다. 곧 여든이 되실 텐데 밭일이 힘드시진 않을지 걱정이다. 그래도 여전히 우리들을 농사지으셨듯 무언가를 일구고 계신다고 생각하면 마음 한 곳이 일렁인다.

이 글에는 선생님의 가르침을 반의 반도 담지 못한 것만 같다. 그래도 간절한 소망이 있다면 이 글을 선생님의 수많은 제자 중 단 한 명이라도 우연히 읽었으면 좋겠다. 그리고 어느 공간에든 그 제자분이 선생님의 또 다른 이야기를 써 주었으면 좋겠다. 불가능해 보일지라도 그런 이야기들이 꼬리를 물고 물어 제자들이 쓴 선생님의 평전이 완성된다면 좋겠다. 기적 같은 일이겠지만, 나는 선생님이 행한 기적을 이미 경험했으니까. 지난 수십 년간 매년 다른 아이들과 함께 다른 모습으로 벌어졌을 기적들이, 기적처럼 한데 모이기를 꿈꾼다.

마지막으로, 꿈처럼 이어진 그 글들을 언젠가 선생님께서 우연히 읽게 되신다면 더할 나위가 없을 것 같다. 그때까지 부디 건강하기만 하셨으면 좋겠다.

스물셋에 내린,
사랑의 마지막 정의

오늘까지
개정판 없이
살고 있다

　　15년 전 일이다. 훈련소에서 폐렴 의심 판정을 받았다. 실려간 의무대는 아수라장이었다. 감기가 유행하면서, 의무대가 수용할 수 있는 인원보다 훨씬 많은 훈련병이 입원한 탓이었다. 환자들은 1인용 침대 두 개를 이어 붙인 뒤 세 명씩 짝을 지어 누웠다. 나는 셋 중 가운데 있었다. 몸을 뒤집을 수도 고개를 돌릴 수도 없었다. 보이는 것이라곤 하늘을 대리하던 하얀 천장 그리고 일반 감기 환자들과 달리 초록색 액체가 든 나의 링거 통뿐이었다. 바로 전 기수에 입대한 누군가가 보름 전 이곳에서 나와 같은 증상으로 치료를 받다 죽었다고 한다. 의무병 한 명이 그 사실을 낄낄거리며 알려줬다. 애써 두려움을 걷어내려다가, 그런 내 자신이 가여워 눈물이 주룩주룩 흘러내렸다. 눈물을 닦으려 팔을 들어 올리니 옆에 붙어 누워 있던 환자의 짜증 섞인 한숨이 들려왔다. 닭장 같던 침대 위. 미세한 움직임조차 결례였던 시간이었다.

내 병을 고쳐줄 구원자는 주사 놓는 것조차 서툴러 보이는 어린 군의관과, 지루한 표정으로 시간만 때우던 의무병 두 명이었다. 그 불안한 눈빛들에게, 내가 지금껏 살아온 시절의 결정체인 몸뚱아리를 맡겨야 했다. 훈련소는 물음표가 없는 나라다. 왜 내 링거 색깔만 다른 건지, 왜 나만 주사를 두 번 놓는지, 더 큰 국군병원에 헬기를 타고 실려갈 명단에 내 이름이 있다는 소문이 돌던데 진짜인지 물어볼 수가 없었다. 그렇게 닷새가 답답하게 흘렀다. 병실 생활을 마치고, 나는 살아서 퇴원했다.

퇴원 직전, 담당 군의관이 물었다.

"내무실 돌아가면 전화 못 하지?"
"네, 그렇습니다."

"맘고생 심했을 텐데 여기서 한 통 해, 부모님이든 여자친구든."

"아니오. 괜찮습니다."

"후회 안 해?"

"네, 그렇습니다."

고민할 것도 없었다. 풀 죽은 목소리를 들킬 것만 같아서.

얼마 지나지 않아 한쪽 볼만 퉁퉁 부은 채로 같은 의무대에 다시 실려왔다. 이번엔 사랑니가 곪아 입 안에서 터진 것이다. 피부와 입 사이가 고름으로 가득 찼다. 진료실 거울로 얼굴을 확인한 순간 나는 거울 속에 있는 이 남자가 나라는 사실을 절대로 인정할 수 없었다. 불과 몇 주 전까지 오직 즐겁기만 했던 캠퍼스의 기억들이 나를 더 초라하게 내몰았다. 나는 불안한 눈빛의 의무병들에게 다시 한번 몸을 맡기고 누웠다. "이거 핫팩 해줘야 해, 얼음찜질해 줘야 해?" 내 부은 얼굴을 보며 한 의무병이 여기저기 건성으로 묻고 다녔다. 대답은 내가 했다. 일단 아무거나 해주십시오. 너무 아픕니다.

다음 날 군의관이 왔다. 마취하고 수술해야 하는데 부모님의 동의가 필요하다고 했다.

"그냥 하면 안 됩니까?"
"안 되지."
"절대 안 됩니까?"
"절대. 규칙이야."

나는 무너져내렸다.

수술 동의를 받기 위해 부모님께 전화를 걸었다. 볼이 퉁퉁 부어 입이 다물어지지 않으니 발음이 자꾸 샜다. ㅁ, ㅂ, ㅍ 따위의 입술을 모아야 하는 발음은 불가능했다.

"아어지. 저예요. 제가 수술을 앋아야 한대요. 사랑니가 골아서 고르이 깍 찼대요."

그날 나는 살다가 처음으로 아버지의 울음소리를 들었다. 그는 50일 만에 목소리로 만난 훈련병 아들에게 결국 한마디도 되걸지 못하셨다. 씩씩한 어머니가 수화기를 건네받았다. 아빠 운다. 우리가 갈게.

전화를 끊자, 날 인도하러 온 의무병이 시혜를 베풀었다.
얼마나 내가 불쌍해 보였을까.

"여자친구 있니?"
"네 그렇습니다."
"전화 한 통 더 해."
"괜찮습니다."
"왜? 하게 해줄게."
"아닙니다. 감사합니다."

소중한 기회였지만 고개를 젓기까지 긴 시간이 걸리지는
않았다. 펑펑 울 그녀가 눈앞에 선명해서.

그날 밤은 괴로웠다. 죄책감이 마음을 쑤셨다. 같은 시각
서울에서는 죄 없는 부모님이 날 낳은 죄로 잠 못 들고 계실
것이었다. 온갖 불효를 종류 별로 저지르며 살았지만 오늘
이 가장 불효한 날 같았다. 그나마 여자친구라도 이 사실을
모르는 게 얼마나 다행인지. 아무것도 모를 그녀의 편안한
밤이 나의 유일한 위안이었다. 죄를 씻기 위해 천당 같은 하
얀 천장을 기도하는 마음으로 응시하다가 나는 사랑에 대

해 생각했다.

사랑이 뭔지 정의 내리고 싶던 시절이 길었다. 6학년 때 일기장에도 중학생 때 쓴 가사집에도 고등학교 때 쓴 연애 편지에도 내가 내린 사랑의 정의들이 적혀 있다. 나이도 대상도 달랐기에 저마다 내용도 달랐다. 스물세 살. 악몽 같던 훈련소 시절의 한복판에서 나는 사랑을 다시 정의했고 오늘까지 개정판 없이 살고 있다.

사랑은 전염받은 아픔에 기꺼이 울고, 내 아픔을 전염하지는 않는 것이다. 타인의 아픔을 상상하며 슬퍼하거나 또는 참아내는 것.

우연히 첫사랑을
만났다

여름의 한복판에서 일어난 일이다. 유난히 더운 날이었는데 하필 온종일 야외 촬영이 예정돼 있었다. 코로나 방역에 애쓰는 공공기관 직원의 하루 일과를 쫓아다니는 방식의 촬영이었다. 아침 일찍 해당 기관에 도착하니 언론팀 직원들이 우릴 맞아주었다. 간단히 소개를 받은 뒤 오전 아홉 시쯤 촬영을 시작했고, 주인공 공무원분의 퇴근 시간까지 이어갔다. 그사이 언론팀 직원 한 분이 틈나는 대로 우리에게 와서 촬영이 원활히 진행되도록 도와주었다. 아무래도 공무원의 노고를 부각하는 내용이다 보니 기관에서도 더 성심성의껏 지원해주려는 듯했다. 그 친절이 부담스럽기도 감사하기도 했다.

퇴근길, 스마트폰을 열고 카톡을 확인했다. 온종일 촬영을 해서 아침부터 안 읽은 메시지들이 쌓여 있었다. 중간에 틈틈이 쉬는 시간이 있었지만 동료들과 수다를 떨거나 눈을 붙이고 쉬느라 스마트폰을 확인할 여력이 없었다. 하나씩 안 읽은 메시지를 읽어 내려가다가 불현듯 어느 창에 시선이 고였다.

"오랜만이야. 이렇게 만날 줄은 몰랐네."

낯설고 낯익은 이름이었다. 17년 전에 헤어진 첫사랑의 이름. 번호가 저장되어 있다는 것도 잊고 살았는데. 네 자리 뒷번호 숫자가 먼 기억 속에서 불쑥 눈으로 다가왔다. 휴대전화라는 걸 생전 처음 사던 날, 나와 함께 정했던 번호. 그때의 우린 교복을 채 벗지도 않은 나이였다.

그런데 참 이상했다. 이렇게 만날 줄은 몰랐다니. 우리가 오늘 만났던가? 지나가는 길에 나를 본 건가? 아니면 아무래도 방송기자다 보니 뉴스에 나온 내 모습을 우연히 봤다는 얘기인가? 답을 하지 않을까 생각하다가 궁금함을 참지 못하고 답문을 보냈다.

"오랜만이네. 잘 지내니? 그런데 오늘 우리가 만났던 적이 있니?"

얼마 지나지 않아 다시 카톡이 울렸다.

"역시, 너는 나를 못 알아봤구나^^."

그 순간, 한 사람의 얼굴이 머릿속을 스쳐 지나갔다. 오늘 온종일 우리를 도와준 언론팀 직원. 다시 생각해 보니 그녀가 분명해 보였다. 얼른 카톡이 처음 온 시간을 확인해봤다. 오후 네 시. 촬영을 잠시 멈추고 쉬고 있을 무렵이었다. 그 직원분께서 "필요한 거 있으면 언제든 연락하시라"며 잠시 자리를 비웠던 바로 그 시간.

"너였니? 마스크를 써서 제대로 못 알아봤구나. 알았으면 인사라도 했을 텐데 아쉽다."

당황한 마음에 얼렁뚱땅 메시지를 보냈다. 창피한 마음이 일었다. 그녀는 아마 오늘 만나기 전부터 내가 온다는 걸 알았을 것이다. 촬영팀 명단을 미리 받았을 테니까. 심지어 그 명단도 내가 이메일로 건네주었을 터였다. 나만 눈치채지 못한 일방적 관계가 온종일 지속되었던 셈이다.

벌써 못 본 지 10년도 훨씬 넘었으니 못 알아볼 수도 있지, 라고 생각하면서도 한편으론 의아했다. 물론 마스크로 얼굴의 절반을 가린 채였지만, 그래도 일말의 눈치조차 채지 못했으니까. 우린 고등학교 1학년 때 처음 만났다. 광화문 교보문고 핫트랙스에서 매주 한 차례씩 만나고 함께 학원을 다니고 차례대로 대학 입시에 실패했다. 그 무게감에 엉엉 울면서도 '너와 함께라면 실패한 인생도 괜찮겠다'고 서로 위로해주던, 꽤 다정한 사이였다. 내가 재수 끝에 대학에 들어가고 이듬해 그녀가 수능을 다시 치러 대학에 재입학하고 나서야 우리는 헤어졌다. 인생에서 가장 파닥이던 시절을 5년 가까이 함께 보낸 관계였던 셈이다. 그런데 왜 전혀 못 알아봤을까. 어떤 기운이나 가냘픈 직감조차 느끼지 못했다니.

잠시 생각해보다 이내 이유를 알아버렸다. 서글픈 이유였다. 내 기억 속에서 그녀는 스물두 살이기 때문이었다. 우린 그 후로 만나지 못했다. 그러니 그사이 마흔 가까이 나이를 먹은 그녀를 나는 눈앞에 두고도 상상조차 못 했던 것이다. 내가 늙는 것만 꼬박꼬박 확인하며 살았지, 그녀에 관한 모든 기억은 17년 전 봄날에 머물러 있었으니까.

　그러고 보니 비슷한 이유로 2년 전에도 서글픈 착각을 한 적이 있다. 역시 퇴근길 지하철 공덕역 환승 통로에서였다. 공항철도에서 6호선으로 갈아타기 위해 걷고 있는데 반대편에서 오던 한 여인과 멀리서 눈을 마주쳤다. 순간적으로 나는 고개를 돌렸다. 왠지 첫사랑 그 사람인 것만 같았다. 그녀일까, 아닐까. 우리는 점점 가까워지고 있었다. 나는 어쩔 줄 몰라 헤맸다. 눈길을 주기도 떼기도 어려웠다. 그녀가 거의 내 옆을 스쳐 지나갈 무렵 나는 나와 아무 관계도 없는 분이란 걸 뒤늦게 알아차릴 수 있었다. 바보 같은 착각이었다. 그분은 기껏해야 이십 대 초중반 정도 되어 보였다. 고여 있는 기억이 일으킨 슬픈 착오였던 게다. 물론 그녀가 아니라서 슬픈 게 아니었다. 주름살 같은 시간이 슬펐을 뿐이다.

어쨌든 그녀와 17년 만에 재회한 순간을 나는 그렇게 맥없이 흘려보냈다. 서로의 기억이 다를 수 있겠지만 적어도 내게 그녀는 좋은 사람이었다. 모질게 헤어지던 순간에도 그 마음만은 퇴색하지 않았다. 오랜 시간 잊고 사는 사이 애정은 차갑게 식었지만 고마움의 온기까지 식을 일은 없었다. 오늘 내가 조금만 일찍 눈치를 챘더라면, 그게 아니라도 잠시 쉬고 있던 오후 네 시에 카톡이 왔을 때 스마트폰을 열어보기만 했더라면 눈을 마주치며 따뜻한 안부라도 전할 수 있었을 텐데.

"기억이 멈춰 있어서 못 알아봤나 봐. 미안해."

마음을 가다듬고 다시 정돈된 메시지를 보냈다. 머지않아 다시 진동이 울렸다.

"미안하긴, 도리어 재미있었어. 네가 하고 싶은 걸 즐겁게 하고 사는 것 같아 보여서 좋더라."
"막상 오래 하니 지금은 딴 거 하며 살고도 싶어. 너도 좋은 기관에서 일하고 있구나."

"응. 아이 키우기에도 괜찮은 회사 같아."

"그럼 됐지, 뭐."

그 후로 두어 마디를 더 나누고 메시지 창을 닫았다. 그녀가 공공기관 언론팀에 있고 내가 기자인 한 우리는 다시 마주치게 될지도 모를 일이었다. 혹시 그런 날이 온다면 그땐 더 반갑게 인사하자고, 서로 대화를 매듭지었다. 그럼에도 아마 그런 순간은 오지 않을 것이라는 직감도 들었다. 그녀도 그랬을 것이다. 덜컹거리는 버스 안이었고, 한여름의 해는 그제야 밤을 등에 업고 뭍으로 가라앉고 있었다. 뜨거웠던 것들이 식어가는 시간이었다.

내 더러움을
말없이 삼켜주던 너

꿈과 배설의
아지트에서

1.

화장실에 자주 숨어 있었다. 좁은 공간에 혼자 있는 게
좋아서. 아마 혼자만의 영역을 가진 경험이 늦었기 때문일
것이다. 중학교 2학년이 되어서야 나만의 방이 처음 생겼
다. 같은 방에 살던 막내삼촌이 결혼을 하면서 그제야 방을
독차지하게 된 거다. 사춘기가 온 게 그보다 앞선 6학년 즈
음이니까, 한 2년은 삼촌의 존재 자체가 스트레스이자 내
감수성의 훼방꾼이었을 것이다. 혼자 있고 싶은 마음을 견
디지 못할 때마다 나는 화장실 문을 걸어 잠갔다. 한 시간이

고 두 시간이고, 누가 화장실을 쓰겠다며 문을 두드릴 때까지 변기에 웅크리고 앉거나 타일 바닥에 누워 있었다. 열이 많았던 아이라서 그 차가운 감촉이 내 안의 이런저런 뜨거움을 식혀주는 것 같아 좋았다. 살을 이리저리 타일에 비벼대면서 때론 만화책을 읽고 때론 무언가에 골몰했다. 주로 이루지 못할 먼 꿈들을 천장에 그렸던 것 같다.

종갓집이라 명절이면 서른 명 가까운 친척들이 우리 집에 모였다. 종손의 책임감으로 그들을 응대하다가 눈치껏 사라져도 될 시점이 오면 어김없이 화장실로 숨었다. 시끌벅적한 세상 속에 나만 고요히 있는 느낌이 좋았다. 작은 소리도 울리는 공간이 나의 모든 것에 예민하게 반응해주는 것 같아서. 하지만 친척들이 많다 보니 한 시간은커녕 일이 십 분만 있다 보면 누군가 자꾸 문을 두드려댔다. 백일몽에서 깨는 순간이었다.

2.

스무 살이 되던 해 겨울에 이사를 갔다. 4살 때부터 살았으니까 16년 만이었다. 방에서 짐을 다 빼내니, 함께 떠나지 못하는 유년의 흔적들만 덩그러니 남았다. 침대 밑에 숨겨두었던 아이큐점프와 소년챔프, 장롱 속 낙서들, 방에서 담배 피우면 2천 원이라고 삼촌한테 써붙였던 경고 문구, 그리고 책상과 벽 틈새에 몰래 그렸던 세계정복 지도. 내 비밀스런 성장은 하나같이 볕이 들지 않는 어둠 속에 묻혀 있었다. 묘한 감정이 밀려왔지만 울 정도는 아니었다.

내가 펑펑 눈물을 쏟은 건 현관문을 닫기 전 마지막으로 화장실에 들를 때였다. 소변을 보는데 왈칵 울음이 터졌다. 습한 천장에는 좁은 공간에 꽉 차게 누워 그려낸 미래들이 여전히 스며들어 있었다. 그중엔 이미 과거가 되어 소멸된 꿈들도 있었다. 더운 내 살들을 식혀준 바닥의 타일들도 최후까지 반짝반짝 빛났다. 변기는 마지막 순간까지도 늘 그랬듯이 내 가장 더럽고 냄새나는 생산물을 삼켜주고 있었다. 내 안의 찌꺼기들만 모아서 쏟아내어도 다 받아주던 네가 있었기에 나는 좋은 양분만 소화하며 이만큼 잘 자랐을 터이다. 내일부터는 내가 아닌 누군가가 이 비좁지만 울림이 큰 공간에서 더러움을 씻어낼 것이다. 그도 여기서 꿈을 꿀지는 모를 일이지만.

3.

유년 시절의 아늑함 때문일까. 성인이 된 지금도 화장실에 오래 머무는 편이다. 몸집이 커져서 예전처럼 누워 있진 못하지만 샤워를 하든 볼일을 보든 그런 때가 많다. 몸을 다 씻고도 시간이 허락하는 만큼 물을 맞거나 웅크리고 앉아 있는다. 물이 살결에 닿을 때의 행복감 때문이기도 하지만 그저 화장실에서 골몰하는 습관이 안 고쳐진 것일 수도 있다. 주로 같이 사는 사람이 '도대체 화장실에서 뭘 하기에 그렇게 오래 있냐'며 의아해할 때쯤에야 밖으로 나온다.

그렇다고 뭘 했는지 알려줄 순 없다. 생각을 펼치거나 정리했는데 그걸 꼭 거기서 해야 했던 이유를 설득력 있게 댈 수 없는 탓이다. 굳이 말해야 한다면 이러할 것이다. 내 살덩이를 완전히 혹은 반쯤 드러내야 하는 이 비좁은 공간에 머물 때면 잡히지 않고 둥둥 떠다니는 생각들이 어디론가 날아가버리지 않고 갇혀서 내 살갗에 닿아 있는 것만 같아 묘하게 안심이 된다고. 그래서인지 첫 직장을 때려치우겠다는 결정도, 기자를 그만두지 않겠다는 추운 겨울의 다짐도, 바로 당신과 결혼이란 걸 하겠다는 결심도 모두 이곳 화장실이 받아냈다고. 내 더러운 것들을 삼켜내면서 동시에 고

결한 생의 선택들을 바깥세상으로 배출해낸 곳이 바로 여기라고.

4.

최근 집 밖의 카페들에 가보면 화장실을 잘 꾸며놓은 걸 종종 목격한다. 이를테면 소변기 눈높이에 아름다운 문구를 걸어놓거나 변기 옆에 화분을 놔두는 식이다. 청결에 둔감한 나는 화장실이 깨끗한지 더러운지는 크게 신경 쓰지 않는 편이지만, 예쁘게 장식된 화장실을 보면 마음이 동할 때가 잦다. 카페의 주인장이 누구인지도 문득 알고 싶어진다. 왠지 음지에 숨결을 불어넣을 줄 아는 사람, 가장 더러운 곳을 더 예쁘게 가꾸려는 마음씨를 지닌 사람 같아서. 청소는 습관이지만 장식은 철학의 영역이기에, 남이 잘 보지 않는 곳에 유독 정성을 들인 사람은 아마 성정이 깊은 사람일 거라 상상한다.

동시에 그런 잘 꾸며진 화장실을 보면 어김없이 나의 어릴 적 그곳을 소환한다. 나만의 아지트는 지금 누구의 더러움을 매일 꿀꺽하고 있으려나. 그 사람도 세면대와 변기에게 고마워해 줬으면 좋겠는데. 무엇보다 화장실도 꾸밈의 대상이 될 수 있다는 걸 내가 미리 알았더라면, 그때 좀 예쁘게 꾸며줄 수도 있었을 거란 생각에 아쉬움을 삼킨다. 나의 비밀을 간직한 이에게 더러움만 주다 간 것 같아 못내 미안해서. 지금 이 글을 처음 떠올린 신촌의 어느 카페에서도 그 아쉽고 미안한 마음만 가득히 떠안고 아름답게 장식된 화장실을 나서야 했다. 누군가 문을 두드리기 전까지, 웅크리고 앉아 오래도록 머물다가.

취향은
결핍을 채운다

닮고 싶은 너

1.

날 것이 좋다.

가죽, 원목, 금속으로 된 물건들에 집착한다. 가공이 되어 있을수록 집착이 약해진다. 반들반들 예쁘게 구워져 흙빛을 잃은 도자기, 니스칠 된 원목은 별로다. 글도 그렇다. 수사가 덕지덕지 붙으면 아무리 표현이 좋아도 와닿지 않는다. 하물며 사람도. 옷은 차마 벗고 다니지 못해 그냥 대충 걸친 사람이 좋고, 화장하지 않은 이성에게 더 끌린다. 매너 있는 사람을 만나면 가면 뒤의 얼굴을 의심하고, 언어를 정제하는 사람보다 욕을 지껄이는 사람이 더 편하다. 사람이든 물건이든 보호막이 두꺼울수록 불편하다.

2.

흐릿한 것이 좋다.

뭐든 선명하면 쉽게 질리거나 피로감을 느낀다. 명확히 표현하기 힘든 맛을 내는 음식이 좋고 어떤 장르인지 구분하기 힘든 음악이 좋다. 선과 악이 불분명한 영화가 더 기억에 남는다. 정답을 알 수 없는 것들, 그러니까 진실과 거짓의 중간쯤, 옳고 그름의 경계, 하늘인지 땅인지 모를 지평선, 꿈인지 현실인지 명확히 분간되지 않는 찰나들이 좋다. 당연히 사람도. 분명한 성격이면 곁에 있기 꺼려진다. 삶의 정답을 잘 정해두는 사람, 옳고 그름이 확실한 사람, 취향이 분명해 내가 끼어들 틈이 없는 사람들에게는 굳이 다가가지 않는다. 말을 나눌수록 더 궁금해지는 사람, 끝이 잘 보이지 않는 사람이 더 좋다. 내숭쟁이가 좋다는 건 아니지만 과시욕쟁이들보다는 낫다. 그래도 드러냄보다는 숨김이 더 흐릿하니까.

3.

내 취향과 정반대인 사람이 있다.

내가 아는 한 가장 그런 사람은 나다. 나는 잘 가공되었다. 날 것인 척하는 순간을 즐길 뿐. 비밀이 많고 그걸 숨기고 있는 게 편하다. 가끔 있는 그대로의 내가 발동할 때면 도리어 공포스럽다. 싱싱하지 못한 음식은 날것으로 내지 않듯이 내 마음이 신선하고 건강한지에 대한 자신이 없는 탓이다. 그래서 니스칠 잔뜩 한 원목 같은, 예쁘게 구워진 도자기 같은 나를 내보인다. 쓰는 글도 미사여구가 많은 편이다. 나이가 들수록 패션에도 은근히 신경이 쓰인다.

게다가 나는 피곤할 만큼 선명하다. 삶에는 정답이 없다고 생각하면서도 나만의 정답은 늘 정해두고 산다. 옳고 그름이 확실하고 때론 그것을 남에게 강요한다. 취향이 분명해 타인이 끼어들 틈을 잘 주지 않는다. 과시욕도 내숭도 싫지만 실상은 둘 다 부리며 살고 있다. 언젠가 나의 도플갱어를 만난다면 분명히 우린 친해지지 않을 거다.

4.

취향은 결핍을 채운다.

날 것과 흐릿한 것을 탐닉하는 취향은 내가 태생적으로 닿지 못하는 기질을 향한 열망을 대리한다. 그 열망이 '취향'이라는 형태로 곁에 머물러주어 그나마 다행이다. 그것은 질투로, 열등감으로, 나를 보호하기 위한 공격의 대상으로 발현될 수도 있었을 테니까.

게다가 취향들은 내 일상의 반대편에서 삶의 균형을 팽팽하게 유지해주기도 한다. 생각이 딱딱해지는 순간, 잘 포장된 내가 받는 칭찬과 박수에 취하는 순간, 나의 취향들은 저 반대편에서 나를 자만의 나락으로 떨어지지 않도록 바짝 잡아당겨 준다. 그 덕에 나는 얼른 취기를 걷어낸다. 지금껏 이렇게나마 평균의 사람 구실 하며 살고 있는 이유일 것이다.

5.

취향을 빼닮은 사람이고 싶다.

궁극적으로 그렇다. 내 취향들과 섞여 살면서 자꾸 굳어지려는 마음을 중화하고, '보호막'이라는 연약한 이름으로 포장한 가식을 조금씩이나마 벗겨내려 애쓴다. 그들을 오래 곁에 두고 있으면 언젠가는 나도 그렇게 살고 있을 것만 같다. 가죽, 원목, 금속처럼. 수사가 붙지 않아도 읽히는 글처럼. 명확히 표현하기 힘든 맛을 내는 음식과 장르를 구분하기 힘든 음악처럼. 처음엔 흐릿해 보였지만 말을 나눌수록 깊어지는, 내가 질투하고 흠모하는 당신처럼.

20년 넘도록
나를 괴롭혀온 너에게

가위눌림과의
악연

너를 처음 만난 건 고3 때였어. 독서실에서 기말고사를 준비하던 날 밤이었지. 책상에 엎드려 깜빡 잠이 들다 깼는데 몸이 전혀 움직이지 않더라. 근육이 잠시 굳었나 싶었지만 이내 아니란 걸 깨달았어. 몸이 문제가 아니었어. 책상에 엎어져 있던 나를 누군가 뒤에서 꽉 끌어안은 채 조이고 있었거든. 등을 펼 수도, 고개를 뒤로 젖힐 수도 없었어. 팔이라도 움직이려 해봤는데 팔은커녕 손가락 하나 구부리지 못했지. 등골을 타고 식은땀이 쏟아졌지만 그 사실조차 한참 뒤에야 알았어. 그 순간에는 죽을지도 모른다는 공포뿐이었거든. 등 뒤에서 나를 누르는 정체를 제압할 힘도, 존재를 확인할 용기도 없었어. 그저 살기 위해 눈을 질끈 감고 발버둥 쳤어. 옆 호실 누구라도 들어달라고 소리를 질러봤지만 질러지지 않더라. 목청과 턱뼈 사이에 작은 쇠구슬이 박혀 있는 것 같았어. 얼마나 시간이 흘렀을까. 너도 지쳤는지 잠시 빈틈을 보였고 그 순간 나는 혼신의 힘을 다해 너에게서 벗어났어. 벗어나고도 한참을 뒤돌아보지 못했지. 너라는 존재가 진짜 존재일까 봐.

그날 새벽. 집에 도착하자마자 겁에 질려 엄마에게 털어놨어.

"가위눌림이구나. 네가 가위에 눌리는 몸을 나한테 물려받았나 보다."

엄마는 자신의 경험을 털어놓으며 미안해했어. 그리고 묵주를 손에 쥐어주었어. 가톨릭 신자였던 어머니의 가냘픈 해답이었지. 엄마가 건네준 묵주를 주머니에 넣고 다닌 뒤로는 한동안 네가 나타나지 않았어. 독서실에서 졸릴 때마다 한 손은 베개 삼고 다른 한 손은 주머니에 든 묵주를 조몰락거리며 잠을 청했어. 하루하루 너를 다시 만날까 봐 무서웠지만 한편으로는 묵주가 날 지켜주고 있다는 믿음도 커져갔지.

그러던 어느 날 너는 불쑥 다시 나를 덮쳤어. 또 독서실이었고 또 몸이 굳어버렸지. 주머니 속 묵주를 꺼내려 애썼지만 팔이 움직일 리 없었어. 경직된 입술로 부랴부랴 주기도문을 외기 시작했어. 하늘에 계신 우리 아버지. 아버지의 이름이 거룩히 빛나시며 그 나라가 임하시며 아버지의 뜻이 하늘에서와 같이 땅에서도 제발, 제발…. 성당에 게을리 다닌 탓일까. 아무리 기도해도 너는 도망가지 않았어. 탈출할 방도를 달리 찾지 못한 나는 계속 기도에 의존해야 했어. '우리에게 잘못한 이를 우리가 용서하듯이 우리 죄를 용서하여 주시고….' 최선을 다해 기도드리다가 문득 기도를 멈췄어. 그리고 잠시 쉬다가, 다시 기도를 중얼거려 봤어. 다시 멈추고, 다시 중얼거리고. 다시 멈추고…. 그제야 눈치챘어. 분명 나밖에 없던 독서실에서 주기도문을 읊고 있는 건 나만이 아니었음을.

다음 날 바로 독서실을 옮겼어. 친한 친구들과 멀어져야 했지만 아무 거리낌 없었어. 그저 살고 싶었거든. 새 독서실에서는 너를 만나지 않았지만 다행이라고 할 순 없었지. 대신 너는 내 방으로 찾아왔으니까. 수능이 가까워지던 어느 날, 밤늦게 잠이 들었다가 새벽에 눈이 떠졌어. 내 방 벽과 천장에는 빈틈없이 록 스타와 스포츠 스타의 브로마이드가 붙어 있었는데 눈을 뜬 순간 그들이 전부 눈앞으로 다가와 나를 비웃고 있었어. 내 몸뚱이 위에 구름처럼 뜬 채로. 하나같이 너의 얼굴을 하고. 죽을 듯이 몸부림을 치며 그들에게서 벗어나자마자 방에 붙어 있던 수십 장의 브로마이드를 전부 허겁지겁 뜯어냈어. 그 뒤로 한동안 내 방은 나만의 것이 아니었어. 잠이 들 때마다 나는 애처롭게 신을 불러야 했으니까. 둘이 있기 무서워서. 신이라도 와달라고.

　고3이라 그렇다고, 잠을 많이 못 자고 스트레스를 받아서 그렇다고 엄마는 나를 달랬어. 위안은 되었지만 정확한 처방은 아니었다는 걸 고3이 지나서야 알게 되었지. 성인이 된 뒤에도 넌 나를 쫓아다녔거든. 늘 누군가의 모습으로 변신하고선 나타났어. 대학가 자취방에서도, 군대 내무반에서도, 복학한 뒤 친구 셋이 함께 살 때도 마찬가지였지. 심지어는 국경을 넘어 터키의 야간 버스에서도 시베리아 횡단 열차에서도 나는 너에게서 벗어나지 못했어. 너의 존재로 인해 나의 시공간은 한순간도 완벽하게 자유롭지 못했지.

　다행히 나와 함께 살아온 사람들은 누구나 나를 너에게서 탈출시키는 법을 익혔어. 잠결에 너와 싸우고 있는 내 모습을 수없이 목격했을 테니까. 그들이 내 허리를 억지로 반쯤 일으켜 세운 뒤 양쪽 어깨를 잡고 흔들면 나는 그제야 현실로 돌아왔어. 주변에 누가 없을 때는 나 혼자 너에게서 벗어나야 했기에 혼자만의 탈출 노하우도 늘어갔어. 일단 가늘고 가벼운 손가락과 발가락부터 꿈틀거리면 네가 그걸 막으려 힘을 그쪽으로 쏟더라고. 그 순간 큰 근육에 힘을 주어 몸을 뒤틀면 너를 이겨낼 수 있었어. 이를테면 수 싸움이었지. 사람은 역시 적응의 동물인 걸까. 너는 시나브로 공포가 아닌 그저 짜증 나는 불청객처럼 인식되어 갔어. 언젠가부터는 친구들에게 재미 삼아 너의 존재를 지껄이기 시작했지.

　그런 내가 괘씸했던 걸까. 아직도 선명히 기억하는 스물일곱 살의 여름이었어. 친구 셋이 투룸 자취방에서 옹기종기 살던 때였지. 주말 오후, 혼자 방에 누워 선풍기를 틀어놓고 장필순 님의 〈나의 외로움이 널 부르면〉을 반복 재생

하며 듣고 있었어. 무척 좋아하는 노래였거든. 그러다 깜빡
잠이 들었는데 눈을 뜨니 네가 찾아왔어. 귀로는 노래가 계
속 들려오는 걸 보니 꿈은 아닌데 몸이 뻣뻣이 굳어 움직이
질 않는 거야.

'또 너구나….'

적잖이 귀찮아하며 늘 해오던 방식대로 너에게서 벗어나
려 했어. 손가락에 힘을 주고 발가락을 꿈틀거려 보고. 그런
데 쉽지 않더라. 평소엔 네가 내 몸뚱이 바로 위에서 짓눌렀
는데, 그날만큼은 베갯머리 뒤에서 정수리를 꽉 조이고 있
더라고. 보이지 않으니 오히려 무섭기도 하고 힘에 부쳤어.
이럴 땐 어떻게 풀어야 할지 이리저리 머리를 굴리고 있는
데 때마침 반가운 소리가 들려오더라. 누워 있던 머리 뒤로
문이 끼익, 하고 열리는 거야. 같이 사는 친구가 여느 때처
럼 내 낑낑거리는 소리를 듣고 와준 거지. 나는 최선을 다해
몸을 비틀고 악악거리며 신호를 보냈어. 괘씸하게도 그 녀
석은 들어오기는커녕 문틈에 서서, 흘러나오는 노래만 따라
흥얼거리고 있더라.

"가끔씩 오늘 같은 날, 외로움이 널 부를 때, 내 마음속에

조용히 찾아와 줘…"

충분히 그러고도 남을 만큼 장난기가 많던 녀석이었거든. 낄낄거리며 지켜보다가 깨워주려나 보다, 아니면 나를 놀려 먹으려고 영상을 찍고 있나, 이런저런 생각이 들었지. 그 녀석이 장난을 그만두고 얼른 나를 구원해주기만을 기다리다가, 내 귀는 듣지 말아야 할 걸 들어버렸어. 순간 몸은 더 단단히 굳어버렸지. 노래를 따라 부르고 있던 존재는 내 친구가 아니었어. 8년 전, 내 귓불에 대고 주기도문을 따라 외던 그 목소리.

서늘한 노랫소리가 들려오는 방향으로 있는 힘껏 고개를 젖힌 순간 거꾸로 선 너와 눈을 마주치고 말았어.

너는 노래를 멈추더니,
씩 웃고는,

.

.

그 후로 십수 년이 지났어. 지금도 너는 나의 현실과 비현실의 경계를 제 집처럼 드나들고 있지. 그사이 너를 내게서 떼어내주는 조력자는 독서실 친구에서, 내무반 선후임에서, 대학 룸메이트에서, 아내에서, 이제 여덟 살내기 아들로 변해갔어. 20년 넘게 조우하다 보니 이제는 잠들기 전 미리 네가 찾아올 걸 직감하기도 해. '오늘은 가위에 눌릴 것 같다'고 생각하며 잠이 들면 십중팔구 너를 만나게 되는 경지에 이르렀지. 예상하고 만나는 너는 조금은 덜 무섭지만 문제는 몸뚱이야. 조금씩 낡아가면서 너에게서 벗어날 힘과 지구력이 부치기 시작했거든. 혼자 힘으로 너를 이기기 더 힘겨워하는 나를 직면할수록 '이젠 네가 그만 좀 나타났으면' 하는 절실함도 커져가. 물론 너는 쉽게 나를 놔주지 않겠지만.

가끔은 네가 처음 나를 찾아오기 이전의 삶을 떠올려보곤 해. 열아홉 살 이전, 그러니까 눈에 보이는 세상이 전부였던 시절, 모르는 게 많아 무서운 게 없던 시절 말야. 그때의 난 별 의무감 없이 그럭저럭 살았던 것 같아. 고3 이전까지는 남들처럼 대학 입시에 크게 스트레스를 받은 적도 그렇게 치열하게 공부를 해본 적도 없었으니까. 그러니까 네가 내게 나타난 시점은 절묘하게, 하고 싶은 것보다 해야 할 것이 많아진 삶의 변곡점과 겹쳐 있는 셈이지. 인과관계를 뚜렷이 밝힐 수는 없지만 나는 너의 존재를 그렇게 받아들이게 돼. 의무감이 용량을 초과해 몸의 피로감으로 변환 작용을 일으킬 때, 그걸 알리기 위해 나의 무의식이 존재와 비존재를 넘나드는 전령사를 보내는 거라고.

그렇다면 의무감보다 자유로움이 더 확장된 삶을 되찾고, 피로를 통제하며 일관되게 건강한 일상을 지킨다면 너와 영원히 이별할 수 있을까? 추측건대 그런 날은 오지 않을 거야. 나는 이미 어른이 되어 의무감과 영구한 공생 관계를 맺어버렸고, 피로에서 해방되는 몸을 가질 자신도 의지도 없으니까. 그러니 아마 너를 평생 벗어나지 못하겠지. 그렇더라도 상상하게 돼. 상상은 하지 말란 법이 없으니. 어느 날 네가 내게 찾아와 '이번이 우리의 마지막이야. 오랫동안 고생했어'라고 말해주고 영영 떠나는, 결코 오지 않을 그 순간을 말야.

혹시라도, 정말 혹시라도 그날이 온다면 말이지. 나 역시 네게 말해주고 싶어. 너와 함께 한 지난날의 의미에 대해. 너는 좀처럼 신을 찾지 않는 내게, 귀신을 무서워하지 않는 내게 실재하는 유일한 두려움이었어. 두려움 없는 삶은 죽음과도 같다는 걸 조금씩 받아들이는 요즘, 나는 네가 있어

무서웠지만 살아갈 수 있었다는 생각이 들어. 네가 다시 안 나타나길 평생 바라며 살겠지만 아마 그렇다면 네가 아닌 또 다른 두려움이 금세 나를 덮치겠지. 나를 살리기 위해.

그러니 언제든지, 어느 잠결이든지 다시 찾아와줘. 그렇다고 너무 자주는 말고. 몸이 낡아가고 있으니 너무 힘쓰지도 말고.

3장

자람과
모자람

세상에 태어나 들을
첫 번째 노래

나를 닮거나 닮지
않기를 바라는
너에게

연호에게.

7년 전 늦봄은 무수한 노래들이 머릿속을 어지럽히던 계절이었어. 곧 태어날 존재에게 선물할 단 한 곡의 노래를 나는 준비하고 있었거든. 네가 엄마의 자궁 밖으로 나와 세상과 첫인사 했을 때 처음으로 들려줄 노래를 아껴 고르고 있었단다.

아마 지구에 노래가 없었다면 인류는 두 배 더 많은 전쟁을 치러야 했을지도 몰라. 더 많은 사람이 죽거나 혹은 살았을지도 모르지. 너도 태어난 이상 좋든 싫든 노래에 둘러싸여 살아가게 될 거란다. 어떤 노래는 네 귀에 소음일 뿐이겠고 또 어떤 노래는 네 상흔을 굳이 들추어내 아프게 하고, 어떤 노래는 너의 생을 뒤흔들어 놓을 거야. 꼭 그렇게 거창하게 다가오진 않을지라도 살다 보면 노래가 필요한 순간이 계절처럼 찾아오기 마련이야.

그런 '노래'라는 존재가 세상에 있다는 걸 너에게 처음 알려줄 때, 인간이 빚은 무수한 노래 중에 무엇부터 들려주어야 할까. 쓸데없는 고민처럼 여길지라도 나는 한참, 아주 한참 그 생각에 빠져 살았어. 네가 태어날 날은 나에게도 생애 단 하루로 남을 테고 이 순간을 놓치면 나는 네게 더 이상의 멋진 선물을 해줄 수 없을 것만 같았거든. 네가 어렸을 때나 청춘의 강독에서 헤엄칠 때나 얼굴에 주름질 때나 변함없는 감성으로 들을 수 있는 노래, 마치 쌍둥이 형제나 부부처럼 부대끼며 배우고 미워하고 웃고 울면서도 늘 곁에는 두는 그런 노래를 선물해주고 싶었어. 혹시 내가 사라질 세상에서도 내 역할을 네게 대신해줄.

그래서 몹시 신중한 마음이었지. 우선 멜로디가 단순하고 보편적이면 좋겠다고 생각했어. 생의 파고가 높을 때든

낮을 때든 늘 곁에 두기에 편안한 친구가 되어야 할 테니까. 노랫말도 중요했어. 내가 이제껏 경험한 세상을 단 몇 줄의 언어로 담아낸 노래가 있을까. 가장 가까운 답을 찾기 위해 나는 생을 되감아 수없이 많은 음악을 복기해내야 했어. 네가 나처럼 살거나 나처럼 살지는 않기를 바라는 복잡한 심정을 담아서. 그러다 보니 지나치게 많은 노래가 현재로 소환되었어. 네가 유영하던 불룩한 배에 밤마다 귀를 대면서, 직장에서 정신없이 일하면서, 복잡한 출퇴근 지하철에서, 어떤 때는 무작정 거리를 걸으면서 추려내고 또 추려내었지. 결국에는 단 세 곡만이 남았어. 그중 어떤 노래를 선물할지는 네가 태어나는 순간 마음에서 흘려보내기로 했어.

6월의 첫날 너는 세상과 첫인사 했고, 이튿날 아침 병원 문을 빠져나와 첫 햇살을 먹었어. 하늘 위에 저 밝고 둥그렇고 커다란 것이 너에게 고된 무엇이 닥쳐와도 다음 날이면 어김없이 네 등을 비추어줄 거라고 말해주고 싶었단다. 그리고 너를 차에 태우고는 오래 준비한 음악을 틀었어. 결국 이 노래라고, 노래 이름과 노랫말과 멜로디에 네게 건네고픈 것들을 가득 품은 노래는 이것뿐이라고, 어쩌면 노래를 선택하기 전부터 이미 나는 정답을 알고 있었을 거라고 생각하면서. 네가 놀라지 않을 만큼의 소리로 집으로 향하는 내내 들려주었어. 노래가 흐르는 동안 너는 아마 눈을 감고 있었을 거야.

벌써 오래전 일이야. 지금의 너는 처음 내가 품었던 네 몸집보다 두 배는 큰 책가방을 어깨에 걸치고 매일 아침 학교로 향하고 있지. 선천적인 아데노이드 비대증을 극복하고 씩씩하게도 자라주었어. 초등학생이 된 뒤 처음 맞는 너의 생일에 불쑥 나는 그 옛날의 기억을 꺼내어 활자로 새겨두고 있단다. 네가 읽게 될 가까운 미래를 곱씹어 상상하면서. 이제 아주 조금만 더 자라면 네가 태어나는 순간부터 준비해둔 이 노래와 네가 친해질 수도 있을 거란 기대를 품기 시작했거든.

날 닮은, 도무지 나 같아서 섬뜩하고 안쓰럽고 사랑스러운 것아. 생일 축하해. 삶은 네가 태어나 처음 들은 노래처럼 멜로디가 되어 흐를 거야. 물론 간혹 어둠의 빈틈에서 움츠리는 순간도 찾아올 거야. 그때 나는 이 노랫말처럼, 너를 그냥 놔둘게. 빛과 어둠을 수없이 오가며 너는 조금씩 어른

이 되어갈 테니까. 앞에서 이끌지는 않아도, 옆에서 나란히
걷지 않아도, 뒤를 돌아보면 늘 있는 사람이 될게, 너에게.

There will be an answer, let it be.

2021년 6월

도깨비
졸업식

두려움을
걷어내렴

나의 작은 연호는 보이지 않는 것들과 싸우고 있다. 다 내 탓이다. 사정은 이렇다.

연호는 우리 집에 사는, 말 참 안 듣도록 뇌가 설계된 어린이다. 대부분 어린이가 그렇겠지만 걘 특히 더 그렇다. 좋게 말하자면 '자기주도 과잉'이다. 남이 시키면 일단 거부하고 본다. 이를테면 씻어도 자기 의지로 씻어야 해서 부모가 '씻자'고 말하면 씻으러 가다가도 돌아온다. 일단 부모의 말에 "~해야 돼"라는 의무형 어미가 붙기만 하면 성질을 낸다. 훗날 이 글을 볼지도 모르기에 더 심한 사례들은 생략한다.

어쨌든 아내한테는 미안하다. 나 닮아서 그렇다.

다른 건 그렇다 쳐도 부모로서 가장 못 참겠는 건 잠잘 때와 밥 먹을 때다. 음식에 도무지 관심이 없고, 잠을 어떻게든 안 자려고 고 조그만 몸집으로 얼마나 최선을 다하는지. 자기주도 과잉 어린이에게 어차피 '잠자야 돼'와 '밥 먹어야 돼'는 통하지도 않을 터. 그래서 나는 오직 내가 편하기 위해, 세상을 창조해냈다. 이른바 도깨비 월드다.

연호에게 심어준 세계관은 이렇다. 도깨비는 존재하며, 낮엔 동굴에 모여 살다가 밤마다 인간 세상에 내려온다. 종류도 다양하다. 밥 안 먹는 어린이 잡으러 오는 대왕도깨비(밥이 제일 중요하니까 대왕), 잠 안 자는 어린이에게는 뽕망치를 때리는 대신 잘 자는 어린이에겐 박수를 쳐주는 박수도깨비 등등. 심지어 여행 갔을 때는 '멀리 왔으니까 도깨비 없지?'라며 늦게 자려는 아이에게 그 지역의 이름을 붙인 도깨비를 만들어내 겁을 줬다. 춘천도깨비부터 인도네시아도깨비까지, 도깨비 크루는 국경을 넘나들며 연호 머릿속에서 기하급수적으로 늘어났다.

자기주도 과잉인 주제에 겁은 또 많은 연호는 보기 좋게 속아 넘어갔다. 도깨비만 얘기하면 이불속으로 숨었고, 잘

때도 '자야 돼'라는 말 대신 '곧 박수도깨비 올 시간인데…'
라며 말끝을 흐리면 알아서 열심히 자는 척이라도 했다.

처음엔 얼마나 편하던지. 그런데 갈수록 얼마나 불편하
던지. 고 작은 아이 가슴에 굳이 떠안고 살지 않아도 될 두
려움까지 심어줬다는 죄책감이 덮쳐왔다. 연호는 도깨비 덕
분에 억지로 잘 먹고 억지로 잘 자는 어린이가 되었지만, 동
시에 늘 보이지 않는 것들로부터 공격받을 두려움에 떨어
야 했다. 혼자 자는 것은 언감생심, 혼자 방에 있거나 화장
실 가는 것조차도 무서워한다.

그 정도면 다행일까. 연호는 다가오는 모든 새로움을 즐
겁게 받아들이는 대신 포기하기에 바빴다. 언제 어디서 도
깨비가 나올 수도 있지 않냐는 논리적인 근거 때문이다. 보
이지 않는 것들 때문에 눈앞에 잡힐 듯한 도전 과제에도 겁
부터 내고 물러서는 연호. 그게 다 내가 좀 편하려고 창조한
세계 때문이라니 괴로웠다. 애 좀 편하게 먹이고 재우겠다
고 왜 거짓말을 해대서….

게다가 연호는 당시 일곱 살. 다음 해엔 혼자 학교를 등
하교해야 하고, 혼자인 삶에도 익숙해져야 할 것이었다. 혼
자 걷는 고 작은 아이의 걸음마다 그림자처럼 도깨비가 따

라다닐 걸 상상하니 맘이 더 편치 않았다.

결자해지. 내가 벌인 일이니 수습해야 했다. 그렇다고 그 세계가 거짓임을 순순히 고백했다간 아빠에 대한 불신만 키울 것 같고…. 좀 더 우아한 거짓말이 필요했다. 오랜 고민 끝에 한 가지 방도가 떠올랐다. 우리들만의 '도깨비 졸업식'을 해주자. 일곱 살이 된 설날, '진정한 일곱 살'이란 그림책을 읽고 있던 연호에게 다가가 말했다.

"너도 이제 일곱 살이 됐으니 아빠가 그동안 숨겨왔던 비밀을 하나 알려줄게. 너 도깨비가 어디 사는지 알아?"

눈이 둥그레진 연호가 대답했다. 동굴.

"사실 동굴이긴 한데, 연호 너의 머릿속 동굴에 살고 있었어."

연호는 믿지 않았다. 머릿속에 동굴이 어딨어?

"그러니까 실제 세상엔 없는데 네 머릿속에만 있었던 거야. 그런데 그 도깨비들을 영원히 사라지게 하는 방법이 있어. 여섯 살까지는 안 되는데, 진정한 일곱 살이면 가능하지."

연호가 믿기 시작했다.

"도깨비 졸업식을 해주면 돼. 너 형아들 어린이집 졸업하면 다시 어린이집 안 오지? 그것처럼 도깨비들도 졸업하면 다신 머릿속에 안 들어와. 실제 세상에도 원래 없었으니, 그러면 다시는 도깨비가 나타나지 않는 거야."

연호가 되물었다. 영원히?

응. 영원히.

"그런데 도깨비 졸업식을 하려면 세 가지 도전을 해내야만 해. 그건 이 세상의 규칙이야. 세 가지 도전을 다 해낸 일곱 살들에게만 도깨비들이 영원히 안 나타나는 거야. 그걸 못 하면 내년에 학교 가서도 도깨비를 만날 수도 있지."

젠장. 또 거짓말로 겁을 줬나. 그래도 이게 최선이라고 믿는다.

"첫 번째 도전은 장난감 버리기. 더 이상 잘 가지고 놀지 않는 장난감들을 골라서 다른 데 사는 동생들 주면 돼. 두 번째 도전은 밥 일주일간 혼자 먹기. 엄마랑 아빠가 안 떠먹여주고 일주일만 혼자 먹으면 돼. 쉽지?"

연호는 이건 좀 어렵겠다는 표정이었다. 세 번째는?

"흠… 세 번째야말로 좀 어려운데… 딱 하루만 엄마나 아빠 없이 혼자 자보는 거야."

연호의 표정이 단호해졌다. 그건 못 해.

"응. 지금 바로 안 해도 돼. 대신 네 친구들도 혼자 자는
애들 많지? 너도 충분히 할 수 있다는 것만 생각해줘. 그리
고 도깨비들 어차피 문으로 들어오지? 네가 혼자 잘 땐 아
빠가 문 바로 앞에서 자면서 지키고 있을 테니까 걱정 마.
너 아빠가 더 세, 도깨비가 더 세?"

"…아빠지. 근데 그래도 무서워."

그렇게 말한 지 벌써 석 달 가까이 지났다.

놀랍게도 연호는 그사이 두 단계를 거뜬히 통과했다. 좀
어렵지만 도깨비가 영원히 안 온다니 이 정도는 감수해야
겠다고 결심한 모양이다. 어느 날 문득 일어나서 "나 장난감
동생들 줄래"라더니 장고 끝에 장난감 통에서 반 가까이를
꺼냈다. 애틋한 마지막 인사와 함께 장난감을 떠나보내던
연호의 눈빛은 어른인 내가 봐도 꽤 멋졌다. 그리고 온갖 먹
기 싫은 티를 다 내긴 했지만 어찌어찌 일주일 꼬박 혼자 수
저질을 하며 밥을 스스로 입에 욱여넣었다. 다른 집 애들은
네다섯 살 때부터 다 하고 있었다지만 그래도 어찌나 대견

하던지.

이제 남은 건 마지막 미션, 혼자 하룻밤 자기다. 연호는
두어 번 용기를 내 시도했지만 번번이 실패했다. 한번 여행
을 가서는 같은 방 다른 침대에서 혼자 자보기부터 시도하
겠노라 공언했지만 (이제까진 무조건 같은 침대에서 자야 했으
니 나름 큰 도전이었다.) 결국 자정을 못 넘기고 엄마 품으로
기어들어 갔다. 또 어느 날엔 문득 "일단 화장실에서부터 불
끄고 잠깐 혼자 있어보겠다"고도 했는데, 4초 만에 튀어나
와 아빠 품에 와락 안겼다. 그래도 4초가 어디냐고 우린 기
뻐하며 감격의 하이파이브를 나눴다.

그렇게 지금까지 세 번째 도전은 연호의 지상 과제로 남
아 있다. 매일 불 꺼진 방에서 잠들기 전, 연호는 미래의 그
날을 상상하곤 한다.

"아빠, 근데 정말 도깨비 다시는 안 나타나?"

"그럼. 혼자 자는 씩씩한 어린이한텐 절대 못 나타나지."

"내 머릿속에 있다며?"

"네가 없다고 생각하면 그 순간 사라지는 거야."

"아빠 정말 문 앞에서 자줄 거야?"

"그럼. 연호 지켜야지. 연호는 아빠의 뭐야?"

"보물."

도깨비가 머릿속에 있다면서 한편으론 문 앞에서 지켜준
다는 게 모순이지만 연호가 그것까지 눈치채진 못한 것 같
다. 아니면 모순일지라도 이중 방어막을 쳐놓는 게 안전하
다고 본능적으로 느꼈기에 일부러 반박을 안 한 걸지도.

어쨌든 세 번째 도전을 연호가 해내는 날, 도깨비는 우리
가족에게서 영원히 사라진다. 그동안 내 아들내미 밥 먹여
주고 재우는 데 혁혁한 공을 세워준 도깨비들에게 감사패
라도 수여하고픈 마음이다. 사라지면서까지 연호를 한 뼘
더 크게 자라게 해줄 테니 얼마나 고마운지. 두려움이 한 꺼
풀 걷힌 세상은 연호에게 훌쩍 더 커질 테니까.

물론 이 모든 건 연호가 해내기에 달렸다. 우리 부자는
조급해하지 않기로 했다. 매일 혼자 잘 상상을 하는 연호는
오늘 밤도 잠들기 전 조심스레 묻는다.

"아빠, 좀 나중에 해도 되지?"

"그럼. 천천히 해. 안 해도 되는데 하면 더 좋단 거야."

"아빠, 근데 묻고 싶은 게 있어."

"응. 말해."

"도깨비 졸업식 날 나 뭐 사줄 거야?"

"사주긴 뭘 사줘. 도깨비 없어지는 게 제일 큰 선물이지."

"치⋯."

나의 작은 연호는 오늘도, 보이지 않는 것들과 싸우다 조곤조곤 잠이 든다.

저 나무가
원래 저기 있었어?

나의 작은 연호는 여전히 내 손을 잡고 학교에 간다. 이제 어엿한 초등학생. 충분히 혼자 등하교할 수 있는 나이이긴 하다. 방과 후 교실도 축구 학원도 씩씩하게 혼자 잘 다녀온다. 다만 아침 등교만은 꼭 나와 함께한다. 연호도 좋아하지만, 내가 꼭 그렇게 하고 싶었기 때문이다. 서울에서 살 때 나는 연호를 어린이집에 등원시켜 본 일이 거의 없다. 지방 출장을 많이 다니는 부서에서 몇 년간 PD 역할을 맡아 일주일의 절반가량을 집 밖에서 살았다. 나머지 절반도 편집을 하느라 집에는 거의 있지 못했다. 그렇게 아이가 어떻게 자라는지도 모른 채 몇 년을 흘려보냈다. 그사이 아이는 초등학생이 되었다. 휴직을 하고 춘천에 오면서 나는 다짐했다. 아이의 첫 일 년 등교만큼은 반드시 손을 꼭 잡고 함께 하리라고. 그렇게 아빠와 아들은 매일 아침 나란히 길을 나섰다. 아침 현관문을 열며 조막만 한 연호 손의 체온을 체감하는 순간은 지난 한 해 나의 가장 흐뭇한 일상으로 자리매김했다.

그러나 나의 이런 로망과는 달리 우리의 등교는 매번 순탄치만은 않았다. 나를 빼닮은 녀석이라 매사에 늦는 버릇까지 고스란히 물려받은 탓이다. 교문까지 가는 데 10분도 채 안 걸리는 거리지만 우리는 매일같이 등교 시간을 불과 5~6분 남겨두고 부랴부랴 집을 나섰다. 그러다 보니 연호에게 늘 빠른 걸음을 재촉해야 했다. 허겁지겁 교문에 도착해서 한 번 꼭 안아준 뒤 가기 싫어하는 아이의 등을 떠미는 과정이 매일 반복됐다. 그럴 때마다 "내일은 꼭 일찍 출발해서 천천히 걸어보자"고 서로 약속하곤 했지만 그저 말뿐이었다. 아이에게 혼을 내거나 서로 투닥거리면서도 좀처럼 그 버릇이 고쳐지진 않았다.

그러던 어느 날. 평소에는 오전 8시 반이 넘어서야 아침 밥을 겨우 다 먹던 아들 녀석이 웬일인지 8시 20분도 지나지 않아 식탁에서 벌떡 일어났다. 그리고 깔끔히 비운 밥그릇을 내게 보이며 말했다.

"아빠, 오늘은 진짜 한번 일찍 나가보자."

무슨 바람이 든 건지 모르겠지만 어쨌든 기특한 마음에 나 역시 서둘러 옷을 걸쳐 입었다. 그렇게 우리는 평소보다 10여 분 더 일찍 집을 나서게 되었다. 우리조차 어리둥절한 순간이었다.

"오늘은 등교 시간까지 20분 가까이 남았으니까 아주 천천히 걸어도 돼."

1층 출입문을 열며 간만에 온화한 목소리로 연호에게 말했다. 연호가 대뜸 되물었다.

"좀 멈췄다 가고 그래도 돼?"

"그럼."

그 말을 듣자마자 연호는 덥석 출입문 앞 보도블록에 웅크리고 앉았다. 블록 틈을 지나가는 개미에게 이런저런 (시비에 가까운) 말을 걸다가, 뭘 발견한 건지 불쑥 일어나서 성큼성큼 화단으로 향했다.

"아빠, 이거 뭔지 알아? 클로버야."

"어떻게 알았어?"

"선생님이 가르쳐줬어."

"맞아. 원래 잎이 세 개인데 가끔 네 개짜리도 있어. 그걸 '네잎클로버'라고 하는데, 찾기가 힘들어서 그걸 찾으면 행운이 찾아온대."

"진짜? 그럼 지금 찾아보자."

우리는 몇 분간 네잎클로버 수색에 나섰지만 좀처럼 찾기는 어려웠다. 연호가 의심스러운 듯 물었다.

"아빠는 네잎클로버 찾아본 적이 있어?"

"어… 우와. 네 말 듣고 생각해봤는데 한 번도 없었네."

"40년 살면서 한 번도?"

"그렇네. 선물 받은 적은 있었는데 아빠가 직접 찾은 적은 없었던 것 같아."

불현듯 내던진 아이의 질문에 처음 되새기게 된 사실이었다. "그래도 괜찮아. 잎이 세 개든 네 개든 클로버의 꽃말은 다 행운이래. 찾기 어려운 큰 행운보다 널려 있는 작은 행운을 바라보는 게 더 낫잖아"라고 말을 이어갔지만 아이는 전혀 듣지 않는 듯했다. 결국 네잎클로버 찾기에 실패한 우리는 '내일 또 찾아보자'는 부질없는 약속을 하며 일어섰다. 그리고 조금 더 걸어 아파트 단지를 나설 무렵 다시 연호가 멈췄다. 그리고 고개를 들어 나를 쳐다보며 물었다.

"아빠, 저 나무가 원래 저기 있었어?"

동화책 속 애벌레 같은 연호의 검지손가락이 소나무 한 그루를 가리키고 있었다. 키가 5미터는 훌쩍 넘어 보이는 나무였다. 연호의 물음에 나는 또 선뜻 대답하지 못했다. 나조차 저 나무가 원래 저기에 있었는지 헷갈린 까닭이다. 연호처럼 나도 저 생명의 존재를 오늘 처음 인지한 걸까? 아무리 쳐다봐도 몰랐다기에는 너무나 커다란 나무였다. 게다가 작은 숲을 이루고 있는 다른 나무들과 달리 화단 바위 옆에 홀로 우뚝 솟아 있기까지 했다. 왜 우리는 저 나무를 이제껏 보지 못했던 걸까.

"아빠 생각엔, 원래 있었던 것 같아. 저렇게 큰 나무가 갑

자기 우리 집 앞에 생겼을 리는 없으니까. 그런데 아빠도 저 나무를 본 기억이 없긴 하네."

두루뭉수리한 아빠의 대답을 들은 연호는 한참 멈춰 서서 나무를 바라보다가 말했다.

"천천히 걸으니까 좋다. 저런 나무도 보고."

그 후로도 연호와 나는 거꾸로 돌아서서 걷기, 땅에 떨어진 은행 열매 피하기 등을 시도하며 느릿느릿 학교에 다다랐다. 교문에서 꼭 안아주고 서로를 떠나보낼 때는 도리어 평소보다 1~2분 늦은 시각이었다. 헤어지기 전 우리는 서로 깍지를 끼고 "내일도 일찍 나와보자"고 약속했다. 늘 교문에 들어서기 싫어했던 녀석이었지만 오늘은 웬일인지 발걸음이 가벼워 보였다. 나는 평소처럼 연호의 뒷모습이 보이지 않을 때까지 지켜보다가 발을 돌렸다.

돌아오는 길. 연호와 유난히 천천히 걸었던 20분간의 여정을 곱씹어봤다. 별것 아니고도 특별했던 등굣길. 늘 거기 있었지만 오늘에야 처음 만났던 것들을 하나씩 다시 살피다 보니 되돌아 걷는 걸음도 자연스레 느릿느릿해졌다. 그러다 문득 오늘 이 아침이 지금의 내 춘천살이를 닮아 있다는 생각이 들었다.

하루하루 쫓기듯 살던 일상에서 불현듯 '천천히 걸어보자'고 다짐하며 떠나온 춘천. 이곳에서 나는 '저 우뚝 선 나무가 원래 저기 있었는지' 뒤늦게 알아가는 일상을 보내고 있는 것만 같았다. 달리기 경주하듯 살 때는 안중에도 없던 주변을 느린 눈으로 휘휘 둘러보고 잠시 웅크려 앉기도 하면서 내면을 조용히 확장하고 있다. 그리고 내 삶과 아무 관계없는, 이를테면 연호가 오늘 본 보도블록의 개미 같은 무언가를 한참 응시하거나 골몰하는 데 시간을 흘려보내기도 한다. 그러다 보니 평생 직접 찾아보지 못한 네잎클로버 같은 사람들을 우연히 발견해내는 여유와 시야도 생겼다. 주변에 널려 있던 세잎클로버 같은 이들의 존재를 행운으로 받아들이는 마음도 함께 조용히 자랐다. 다 원래 거기 있던 것들이다. 짠, 하고 내게 새롭게 다가온 것들이 아니다.

서로 깍지 끼고 했던 다짐이 무색하게 연호와 나는 그다음 날 아침 어김없이 늦게 집을 나섰다. 지각쟁이 유전자를 물려준 내가 누굴 탓하겠는가. 자책하는 마음으로 부랴부랴

옷을 걸쳐 입고 집을 나와 연호에게 다시 빠른 걸음을 재촉했다. 다만 이틀 전과 달라진 게 있다면, 연호가 그렇게 서두르는 와중에도 어제 본 것들에게 잠깐이라도 시선을 돌리고 인사를 건넸다는 사실이다.

"개미 너 이 녀석. 아직도 거기 있었구나!"
"응, 빨리 걷자."
"오늘은 네잎클로버 찾으면 안 되지?"
"당연하지. 늦었잖아."
"아빠, 우리 저 나무 어제 처음 봤잖아!"
"응, 빨리 걸으라니까."

무심하게 되받으면서도 기특한 마음이 드는 건 어쩔 수 없었다. 나 역시 이 조그만 아이처럼, 휴직을 마치고 뭐든 빠르고 급한 서울로 돌아가도 내가 춘천에서 마주한 마음들을 외면하지 않을 수 있을까? 허둥지둥 교문에 도착해 아이를 꼭 안아주고 들여보내며 잠시 틈을 내어 기원했다. 어제 하루의 등굣길이 쉬 잊히지 않기를. 연호에게도, 나에게도 소박하지만 의미 있는 삶의 진동이 되었기를.

단골 가게에 아이를
데려가자 쫓겨났다

'잠시 회사를 휴직하고 춘천에 공유서재를 차려볼까' 하는 마음에 가게를 알아보러 다니던 참이었다. 서울에서 나고 자랐지만 그만큼 춘천을 좋아한다. 지난 몇 년간 틈날 때마다 들렀다. 특히 시내의 오래된 골목에 있는 한 카페의 단골이 됐다. 구옥을 개조한 레트로 카페인데, 동네의 낡음을 해치지 않으면서 클래식한 분위기까지 선보여 단숨에 마음을 빼앗겼다. 무엇보다 커피가 맛있었다. 혼자 춘천에 갈 때마다 들르려 애쓰거나, 바쁘면 원두라도 사왔다.

지난달에는 늙은 부모님과 아이까지 온 가족과 함께 춘

천을 찾았다. 사랑하는 사람들에게 소개해주고 싶은 카페이기에 굳이 시간을 만들어 찾아갔다. 그러나 거절당했다.

"저희 카페 노키즈존인 건 아시나요?"

거절의 이유였다. 나는 몰랐다. 어디 SNS에 써놓으셨는데 내가 못 봤던 것도 같았다. SNS를 잘 하지 않는 편이라서. 어쨌든 주인장이 그러하다니 물러나야겠지. 설렘을 안고 멀리 찾아온 발걸음을 돌리기 전에, 다만 묻고는 싶었다.

"저의 아이는 여기 처음 오는데, 이 아이가 누군가에게 피해를 줄 거라 예단하는 이유는 무엇인가요?"

사장님(혹은 직원분)이 말씀하셨다.

"다른 아이들이 다른 손님들에게 피해를 주는 사례가 있어서 손님들 항의가 많아 아이는 받지 않습니다."

죄송하다는 말을 듣고 싶지도 않았지만 그분도 하지 않았다. 나는 이렇게 더 묻고 싶었다.

"미국 일부 주에서 흑인은 비교적 범죄율이 높지요. 그렇다고 흑인을 출입금지하면 인종차별 아닐까요? 사장님께서 '아이들은 떠들 확률이 높다'는 이유로 무조건 모든 아이의 출입을 막는다면 그것 또한 차별이 아닌가요?"

…라고. 그러나 묻지 않았다. 사장님 사정도 이해되었기 때문이다. 카페 분위기를 망치는 어린아이들과 그들을 방치하는 부모들 때문에 속앓이를 한 경험이 있을 수도 있다. 우리 가족 역시 우리 아이가 타인에게 피해를 끼칠까 봐 어느 공공시설을 가든 조마조마한 건 마찬가지니까. 게다가 자영업자가 무슨 권력자도 아닌데 바쁘게 돈 벌며 사시느라 그런 아이에 대해 배려할 여유조차 없으셨을 수도 있다.

복장 규정이 있는 레스토랑도 있는 만큼 그저 그 분위기에 어울리지 않는 소비자가 가지 않으면 그만일 수도 있다. 나 역시 노키즈존인 줄 알았다면 일부러 찾아가지 않았을 터이다.

하지만 나는 계속 묻고 싶었다. 아무리 '다른 손님을 배려해달라'고 부탁해도 거들떠보지 않고 내 새끼만 챙기는 부모들이 그렇게 정말 많았는지. 아니면 아이의 머리를 쓰다듬어 주며 '애야, 여기는 조용히 하는 데란다'고 말해본 적은 있는지. 그게 아니라면 한두 번 겪어본 뒤 지레 '요새 부모들, 애들은 안 돼'라며 성급한 일반화를 시켜버린 건 아닌지. 그것도 아니라면 인터넷에서 본 몇몇 사례가 마치 내 일처럼 각인되어버린 건 아닌지. 진실이 뭔지.

진실이 뭐든 간에 나는 다시 그 가게에 가지 않을 생각이기에 속이 상했다. 멋진 카페였으니까. 가게 안에는 낡은 88년도 호돌이 컵과 칠성사이다 컵, 오래된 소파와 목재들이 가득했다. 옛것과 새것의 조화를 지향하는 그 카페는 그렇게 우리 세대의 어릴 적 감수성을 한껏 부추겨놓았지만 정작 지금의 어린 세대에게는 '예비 문제아' 딱지를 붙이며 내몰았다. 장사하는 입장을 이해하기에 더 이상은 따지지 않고 가게를 빠져나왔다. 다만 뒤돌아오는 걸음에 일곱 살 아들내미가 또박또박 내게 건넨 말은 너무도 아팠다.

　"아빠 미안해. 내가 태어나지 않았으면 엄마 아빠 할머니 할아버지 다 저기 가서 놀았을 텐데."

　거짓말같이 아이는 모든 걸 알고 있었다. '네 잘못이 아니야'라고 거듭 말해주었지만 그에게 카페란, 당분간 그런 곳이 될 것이다.

　'우린 너무 쉽게 단절을 택하고 산다.'
　차를 타고 돌아오며 오로지 그 생각뿐이었다. '안 보면 그만'이라는 태도야말로, 갈등이 생겼을 때 내릴 수 있는 가장 쉬운 선택지일 테다. 젊은 사람끼리, 남자나 여자끼리, 정치적 성향이 같은 사람끼리 모여 잔뜩 울타리를 쌓아두고 사는 게 가장 편할 것이다.

그러나 그렇게 끼리끼리 사는 사이, 우리 사회엔 너무 많은 선이 그어지고 벽이 생긴다. '노키즈존'은 '노학생존', '노시니어존'으로 확장되고 있다. SNS에서는 정치적 성향과 취향이 비슷한 사람끼리 무리 지어 '공유'를 공유하며 서로에게만 손뼉 치거나 반대 성향의 콘텐츠에 집단으로 공격을 가하며 살고 있다. 그렇게 그어진 선에, 높게 쌓아 올린 벽에 갇히게 되는 건 결국 우리다. 당장 편하고 싶어 선택한 단절이 나를 고립시키는 건 아닌지, 나아가 사회의 갈등을 증폭하고 있는 건 아닌지 생각해볼 여유조차 없는 걸까.

아이 하나를 키우는 데에는 온 마을이 필요하다고 한다. 마을 사람들이 애가 시끄럽다고 제 집 문을 닫아버리기 시작하면 그 사회는 아이가 훗날 어긋나게 자랐을 때 누구를 탓할 수 있을까? 그저 다 부모 책임일까? 닫힌 사회를 만든 건 단절을 쉽게 택한 바로 우리 자신인데 말이다.

그래서 나는 모든 종류의 '노XX존'을 반대한다. 그것은 선택이 아닌 차별에 더 가깝다. 저마다의 시급한 이유도 있 겠지만 결국 길게 보면 사회를 나쁜 방향으로 이끄는 행위 에 가담하는 일이라고 여긴다. 노키즈존은 당장 나와 우리 가게를 보호하겠지만 사회적으로는 더 많은 '민폐 부모들' 과 문제아를 양산할 것이다. 그들을 그들만의 세계로 몰아 내면, 더 이상 그들은 '나와 다른' 타인을 위해 에티켓을 지 킬 필요도 없어질 것이기에.

물론 장사하시는 분들은 당장의 현실이 급할 터이다. 눈 앞의 생활이 퍽퍽한데 '사회 구성원으로서 남의 아이를 키 우는 데 공동의 의무감이 있다'는 고상한 말이 다가올 리도 없다. 아직 아이가 없기에 공감할 경험이 없는 분들도 많이 계실 것이다. 내가 갔던 카페도 마찬가지였던 것 같다.

그저 나는 적어도 나부터라도 차별의 유통자가 되지 않 겠다고 다짐할 뿐이다. 내가 춘천에 여는 공유서재는 정숙 해야 할 공간이 될 것 같다. 그러나 아이의 출입을 막지는 않을 것이다. 내 가게에 놀러온 아이가 떠들고 다닌다면, '타인을 배려해달라'며 부모님께 정중히 부탁드려 보겠다. 그래도 안 되면 내가 직접 틈을 내 아이와 소통을 시도해보 겠다. 그 아이를 키울 책임은 같은 사회의 구성원인 나에게도 있으므로. 도저히 그래도 안 되거나 '우리 아이한테 왜 그러냐'고 되묻는 비상식적인 부모를 만난다면? 그 부모 보는 앞에서 손님들에게 정중히 사과하고, 가시고 난 뒤에 시원하게 욕이나 하고 말겠다. 그 부모에 대한 분노로 또 다른 아이를 막아 세우진 않겠다.

서로 싸우고 욕해도 계속 봐야지 문제가 풀린다. 철학자들은 그게 사회라고 내게 일러줬다.

이런 초등학교에
아이를 보내고 싶다

1.

M은 여름방학 때 단 하루도 거르지 않고 우리 집에 찾아
왔다. 초등학교 6학년 때의 일이다. 같은 반 단짝이었던 M의
방학 일과는 단순했다. 점심 먹고 나서쯤 우리 집에 와서 저
녁 먹기 전에 돌아갔다. 주로 우린 책받침 축구를 했다. 책받
침을 손톱만 하게 잘라서 공을 만든 뒤 종이에 축구장을 그
려놓고 골을 넣는 게임이다. 그해(1994년) 여름은 2018년
의 여름 못지않게 기록적으로 더웠다. 우린 대부분 집에만
틀어박혀 있어야 했다. 키가 크고 열이 많았던 M은 우리 집

거실 에어컨을 최대로 세게 틀고선 코앞에서 몇십 분씩 찬 공기를 들이마시고는 했다. 방학 숙제였던 탐구생활을 매일 들고 오긴 했지만 개학 전전날까지 한 번도 열지는 않았다 (전날엔 열었던 것 같다).

울 엄마는 매일 간식을 챙겨주기 바빴다. 떡볶이, 샌드위치, 김치전, 과일들. M은 능청스러웠고 맛깔난 표현에도 능해서 어른들에게 인기가 많았다. 어찌나 간식을 매일 다른 어휘로 극찬하며 먹던지 엄마도 흐뭇해하셨던 것 같다. 아들인 나는 엄마의 음식에 대해 늘 별다른 반응을 보이지 않았으니까.

M이 돌아갈 때쯤 나도 함께 집을 나섰다. M은 자기 집으로, 나는 학원으로 향했다. 나름대로 선행학습이라고 중학교 때 배울 영어를 미리 공부하고 있던 터였다. 물론 절반 정도는 학원에 갔고, 나머지 절반은 M과 땡땡이를 쳤다. 주로 M네 집에서 놀았던 것 같다. 가끔 엄마 눈치도 보긴 했다. 학원 빼먹은 걸 들킬까 봐…가 아니라, 엄마가 혹시 M을 싫어할까 봐. 엄마는 내게 기대가 많았고 공부도 열심히 하길 바랐다. 매일 몇 시간씩 엄마가 보는 앞에서 나와 노는데 M이 좋게 보일 리 없다는 눈치 정도는 있었다. 그런데 땡땡

이까지 걸리면, 그것도 M네 집에서 놀고 있었다는 걸 알게 되면 큰일이었다.

2.

스물한 살쯤 되어서야 알게 되었다. 유난히 무더웠던 1994년의 여름, M이 왜 매일 오후 우리 집에 왔었는지. 반지하, 라는 말을 대학 와서 처음 알았다. 내가 다니던 초등·중학교는 신도시와 재래시장 사이 한가운데에 있었다. 학교 정문으로 나가면 아파트촌이, 후문으로 나가면 방이시장이 펼쳐졌다. 아이들 구성도 거의 반반씩이었다. 시장 쪽에 사는 친구들 중에는 반지하, 라고 말하는 셋방살이를 하는 녀석들이 많았다. 그런 가구의 형태가 '반지하'라는 말로 불리는지를 내가 몰랐을 뿐이다. 어느 누구도 내게 그걸 굳이 구분해서 일러주지 않았다. 그들의 집에 놀러 갈 땐 아파트였던 우리 집과 달리 계단을 내려가야 하는 게 이상했지만 뭐 그렇구나 싶었다. 집이 좁아서 더러는 놀기 불편했는데, 그러면 다 같이 우리 집으로 옮겨와서 놀면 그만이었다.

M네 집은 그 '반지하'였다. 지금 생각해보면 대문은 널찍했는데, 들어간 뒤에는 앞마당이 아닌 샛길로 돌아 들어가

야 했다. 정원이 있는 단독주택의 지하에서 세 들어 살고 있었던 거다. 방 하나에 거실 겸 주방 하나가 전부였고, 거기 M의 부모님과 세 살 어린 여동생까지 같이 살고 있었다. 동생 친구들이 집을 선점하면 우리가 들어갈 자리가 없었다. 에어컨 따위는 있을 곳도 없었다.

M의 아버지는 멋진 어른이었다. 덩치도 우리 아빠보다 훨씬 크고 웃음도 호쾌하셨다. 무엇보다 대화가 통했다. 난 그즈음부터 아빠와 대화를 끊고 살기 시작했는데 M의 아버지는 내 말도 잘 들어주고 맞장구도 잘 쳐주셨다. M의 어머니도 웃음이 따듯해서 좋았다. 가끔 저녁에 학원 땡땡이치고 놀러가면 밥을 지어주셨지만 사실 음식 솜씨는 우리 엄마가 좀 나은 것 같다고 생각했다. 어쨌든 뭘 항상 해주긴 해주셨다.

3.

3년 뒤. M이 이사를 갔다. 고등학교 입학을 앞두고 하남 신도시라는 곳에 새로 지어진 아파트로 간다고 했다. M이 이사를 도와달라며 나와 친구 몇몇을 불렀다. 토요일 아침이었다. 1톤짜리 파란 트럭에 M네 집 가구들을 함께 들어

옮겼다. M은 이사하는 내내 표정이 굳어 있었다. 우리와 헤어지는 게 싫던 것 같다. M의 부모님은 표정이 달랐다. 두 분은 평소에도 호쾌한 편이셨지만 유독 그날은 행복해하는 기운이 어린 우리들에게도 전해질 정도였다. 그래서 잘 이해가 되지 않았다. 오래 살아온 정든 집을 떠나는데, 그것도 우리와 멀어지는데 어떻게 저렇게 좋아하실 수 있지? 좀 서운했다.

어쨌든 짐을 다 실었고 우린 멀찌감치 서서 떠나는 트럭을 향해 손을 흔들었다. 트럭은 잠시 움직이다 멈췄는데, M이 아닌 M 아버지가 차 문을 열고 나왔다. 그리고는 나와 친구들에게 다가와 만 원짜리 한 장을 쥐어주셨다. 우리는 M과 헤어지는 게 슬펐지만 한편으론 맛있는 거 사먹을 생각에 들떴다. 떡볶이 6인분은 먹고도 남을 돈이었다. 다시 트럭은 떠났고, 그 후로 M과는 이전만큼 자주 만나지는 못했다. 핸드폰도 없던 시절이었다.

1년이 지나 고등학생 때, 하남 신도시에 있는 M네 집에 놀러가게 되었다. 멀리 간 김에 하루 자고 올 요량이었다. 초중학교 때도 더러 같이 잤으니까. 버스를 몇 차례 갈아타야 하는 긴 여정이었다. M네 집은 예전보다 훨씬 넓고 깨끗해졌지만, 크게 관심을 두진 않았다. 우리 둘은 싱글 침대에 다닥다닥 붙은 채로 누워 잤다. 훌쩍 커진 덩치에 침대가 너무 좁아서 잠이 잘 안 왔다. M네 옛집에 있던 담요가 훨씬 편했는데. 그래서 그냥 밤새 수다나 떨었다.

4.

대학에 와서 나는 사회과학도가 되었다. 사회를 계층과 구조로 보는 눈을 뜨기 시작하면서 나는 얼마나 축복받은 어린 시절을 보냈는지 실감하게 되었다. 내 위층 집 친구의 아빠는 대형 병원의 의사였고 아파트 옆 빌라 살던 친구의 아빠는 트럭 운전사였다. 시장에서 사는 친구들의 부모님은 대개 시장에서 맞벌이를 하셨고 우리 아파트 엄마들은 대개 가정주부셨다. 나는 싸움박질을 하다 두 번이나 엄마 손에 이끌려 상대 아이네 집에 사죄하러 갔는데(같이 싸우고 나도 많이 맞았는데 왜 내가 무릎 꿇어야 하는지 잘 이해는 안 됐지만 어쨌든) 한 번은 50평짜리 고층 아파트였고 한 번은 반지하였다. 우리 동네는 나와 내 친구들을 그렇게 키웠다.

물론 그런 동네에서 자랐다고 해서 조화로운 동네의 기운을 다 흡수하는 건 아닐 테다. 상반된 동네 분위기의 양극이 내게 분리되지 않고 수렴된 까닭은 아마도 엄마의 무관심이 큰 역할을 했을 것이다. 엄마는 누구든 함께 어울려 살아야 한다고, 어려운 친구일수록 도와주라고 말한 적이 없었다. 하지만 그들과 놀지 말라고, 시장 쪽엔 가지 말라고도 하지 않으셨다. 내 친구 M이 오는 걸 티 나게 반기지도 않으셨지만 그렇다고 티 나게 싫어하지도 않으셨다.

당시 우리 아파트 단지 아이들 사이에는 선행학습 바람이 불었다. 소중한 6학년 여름방학에 매일같이 찾아와 아들내미 공부할 시간을 빼앗는 M이, 엄마는 미웠을 수도 있다. 하지만 표현은 하지 않으셨다. 그저 간식만 매일 바꿔 내주셨다. 나는 그렇게, '당연히 어울려야만 한다'도 없이, '반드시 분리되어야 한다'도 없이, 그냥 그런 분위기에 스며들어 살았다. 세상이란 게 원래 다 그렇다는 듯이.

5.

엄마의 어릴 적 얘기를 들은 적이 있다. 엄마는 선풍기가 있는 친구 집에 놀러 가는 날이 그렇게 설렜다고 한다. 아마 내 친구 M이 우리 집에 찾아와 에어컨 온도를 최대한 낮추고 그 앞에 서서 바람을 쐴 때마다 엄마에겐 힘겨운 과거가 소환되지 않았을까. 그러나 엄마는 차례로 겪은 빈과 부(그저 에어컨 있는 아파트 정도지만)를 내면에서 분리하지 않았고, 그래서 아들내미와 반지하 친구를 떼어놓지 않으셨다. 보고 배운 게 그거라 그 방식대로 나도 살고 있는 것 같다. 비단 가난뿐 아니라 세상 그 어떤 것도 쉽게 나의 세상 밖으로 내몰거나 이분법화하지 않으려고 노력하면서. 그리고 무엇이든 다 적당히 섞여 있는 게 가장 괜찮은 삶의 형태라고 굳건히 믿으면서. 빈자와 부자도. 노인과 청년도. 여자와 남자도. 선행과 악행도. 삶과 죽음도 말이다. 그래서인지 '틀딱충, 김치녀, 한남충, 빌거, 휴거, 홍어' 같은 말이 난무하는 이 혐오의 시대가 나는 좀 어색하고 받아들이기 어렵다.

언젠가 내 아이의 초등학교를 선택할 순간이 다가올 것이다. 내 첫 번째 기준은 정해져 있다. 다양한 주거 형태가 어우러진 곳에 있는 학교였으면 한다. 생선 가시 발라내듯 선택된 아이들만 모여 있는 학교엔 보내고 싶지 않다. 이를테면 아파트촌 한복판에 있어서 단지 안 아이들만 다닌다거나 등록금이 높은 사립학교 같은 곳 말이다. 진보는 '더불어 살기'인데, 세상은 진보해야 한다고 침 튀기며 외치면서 자기 자신과 가족은 철저히 통제하고 분리된 세계로 향하는 사람들을 너무도 많이 봐왔다. 내 생각에 그들은 진보가 아니다. 보수혐오자일 뿐. 그리고 동시에 특권층의 권리를 자신도 누리고플 뿐이다. 약자가 강자 욕하며 욕망하듯.

나는 내 아이에게 보편의 삶부터 먼저 일러주고 싶다. 최소한 초등학교, 중학교라도 모두 뒤엉켜 같은 출발선에 서야 하며, 너도 예외가 아니라고 주지하고 싶다. 그리고 다채로운 삶의 형태와 부대끼며 진짜 세상을 피부로 두루 학습하기를 바란다. 혐오는 사람의 경험 바깥에 기생하며, 그 숙주는 '분리'다. 사람 사이에는 최대한 선을 긋지 않고 사는게 좋겠다는, 살다 보면 누구도 '극혐'할 필요까진 없겠다는 진리가 자라나는 내 아이의 성장판에 스며들었으면 한다. 나의 옛 동네와 엄마가 우리를 그렇게 내버려두었듯이.

2020년 3월

"안 돼"라는
말 대신

엄마와
별똥별

자정 무렵이면 별똥별이 쏟아진다고 했다. 지금 생각해 보면 사기에 가까운 수사였지만, 100년 만의 우주쇼니 뭐니 하는 뉴스들이 별처럼 쏟아졌다. '사자자리 유성우'라는 신비한 이름이었던가. 23년 전, 당시 나는 고교 1학년생이었고 별똥별 쇼는 친구들과 밤늦도록 모여 놀 수 있는 좋은 핑곗거리라는 걸 충분히 알 만큼 영악했다. 그날 저녁 식탁은 엄마와의 협상 테이블이 되었다.

"100년 만에 볼 수 있는 우주쇼래요. 안 보면 어떡해요?"

"그거 봐서 뭐하게? 그리고 100년만의 우주쇼는 왜 매년 있대니?"

"아, 진짜. 엄만 뉴스도 안 봐요? 진짜 100년 만이라고 했다니까. 친구들 다 나온다는데 나만 안 나가면 어떡해요."

엄마는 한참 한심하게 쳐다보더니, 그래 나갔다 와, 라고 했다. 한심하게 쳐다봤던 이유는 또렷했다. 바로 다음 날이 누나의 수능이었기 때문이다. 그러니까 온 가족이 누나 컨디션을 살피느라 노심초사해도 모자랄 판에 동생노무새끼가 밤늦게 별똥별을 보러 나가겠다고 선언한 거다. '나갔다 와'라는 말 앞에 엄마는 단서를 달았다.

"대신 누나 깨지 않게 그냥 쭉 밖에 있다가 내일 새벽 6시 넘어서 들어와."

아싸. 뜻밖의 통 큰 허락에 신나서 옷을 휘휘 두르고 밖으로 나섰다. 이미 몇몇 친구들이 나와 있었다. 우리는 밤새 놀 수 있다는 생각만으로 들떴지만 흥분한 마음에 그만 추위를 간과하고 말았다. 당시에는 징크스처럼 매년 수능 날마다 최악의 한파가 찾아왔다. 별똥별을 보겠다며 아파트 옥상에 나란히 누운 우리들은 별 대신 체온이 떨어지는 긴 밤을 재활용품 수거통에서 주운 라면 박스 몇 개로 버텨내야 했다. 덜덜덜 몸이 떨려도 소중하게 얻은 외박 기회를 반납할 순 없었다. 결국 흐린 날씨에 별도 몇 개 제대로 못 보고 '가장 싼 실내'인 PC방으로 향했다. 새벽 6시가 넘자마자 뛰어 돌아간 집에서는 어머니가 밤샘 기도를 올리고 있었다.

지금 생각해보면 의아하다. 엄만 왜 외박을 허락해줬을까? 누나의 수능이라는 중대한 날에 말이다. 꼭 수능이 아니라도 그 혹한에 밖에서 밤을 새운다는데 걱정은 안 됐나. 그래도 이 해프닝은 어쩌면 아무것도 아니다. '엄마의 허락'의 절정은 그보다 1년 시계를 앞당긴 중3 시절이었다. 사춘기를 지독하게 앓던 나는 고교 진학 대신 음악을 하겠다고 부모님께 일방적으로 통보했다. 그리고 허락 안 해주면 집을 나가겠다는 협박까지. 노발대발하시던 아버지보다 놀란 건 엄마의 한마디였다.

"음악 해. 근데 웬만하면 대학 가서 해."

등짝 두들겨 맞을 각오를, 어쩌면 그걸 빌미로 가출을 감행하려 했던 나는 적잖이 당황했다. 일단 '싫어, 지금 할 거예요'라며 고개를 절레절레 흔들고는 밴드 활동을 시작했지만, 재능도 열정도 뮤지션에 미치지 못한다는 현실만 깨닫고 반년 만에 순순히 고교에 입학했다.

그거 말고도 많다. 엄마의 뜻 모를 허락. 엄만 좀처럼 '안 돼'라고 하지 않던 사람이었다. 왜 그러셨는지 다 크고 나서 물어본 적이 있다. '널 믿었단다'라고 해주었으면 감동의 눈물 주룩주룩 흘리는 척하며 덥석 안아드리기라도 했을 텐데, 역시 엄마다운 대답만 돌아왔다. "네가 안 된다고 하면 듣는 애니? 안 된다고 안 한 게 아니라 못 한 거야. 어차피 내 말 안 들을 게 뻔하니까." 서로 말로 진심을 나누는 사이는 아니기에 그냥 말이 그렇다는 건지 진심이었는지는 알 도리가 없다. 그러나 분명한 결과는 있다. '안 돼'를 포기한 엄마 덕분에 나는 틀 안에서 사소한 잘못과 판단 착오를 자주 저지르는 학창 시절을 보냈지만 한편으로는 틀 자체를 허물고 나가는 일에 크게 두려움을 느끼지 않는 어른으로 자라게 되었다.

　시간이 흘러 엄마가 키운 아들은 어느새 마흔이 되었다.
그리고 10년 넘게 다녀온 직장 바깥의 공기 냄새를 맡으러
스무 달의 긴 휴직을 감행했다. 일단 평생 살던 서울을 벗어
나 연고도 없는 춘천에서 폐가를 고쳐 공유서재를 차렸다.
편리했던 서울과 안온했던 직장을 집에 비유한다면, 어쩌면
사춘기 시절 못 이뤘던 가출의 꿈을 뒤늦게 실현한 셈일 수
도 있겠다. 어쨌든 경험에 비해 호기심만 풍성하던 그 시절
에나 저질렀을 법한 무모한 결심이었다.

　그렇게 매일 공유서재에 출근해 나름의 자유를 만끽하며
지내는 요즘, 도리어 엄마의 그림자를 부쩍 자주 느낀다. 지
금 내가 걷고 있는 생의 행로를, 알고 보면 내 삶에 크게 개
입한 적 없던 엄마가 다 조종해온 것만 같아서. 엄마의 고유
한 무관심으로 나는 어린 시절부터 틀 바깥을 유영하며 자
랐기에 이렇게 성인이 되어서도 삶의 방향을 쉬 틀어가며
사는 것만 같다. 거슬러 올라보면 대학에서 상경대 대신 사
회과학도의 길을 택할 때도 그랬고, 큰 불만 없이 잘 다니던
회사를 두 차례나 옮길 때도 그랬다. 엄마에게 한마디 상의

조차 하지 않고 내린 결정들이었지만 엄마가 시킨 결정이
나 마찬가지 아니었을까, 하는 생각.

게다가 여전히 믿기지 않는 현실까지 닥쳤다. 어느새 내
아이가 학교에 다니기 시작했다. 아들내미의 작고 무르던
자아가 부쩍 자라고 있는 걸 확인하는 순간마다 나는 엄마
의 무심함을 복기한다. "너랑 똑 닮은 애나 낳아"라던 엄마
의 저주는 신통하게도 들어맞았다. 초등학교 1학년 주제에
하교를 '탈출'로 표현하는 것도 모자라 숙제를 시키려면 '나
는 기계가 아니라 사람이야'를 외치는 반항꼬마를 키우면
서, 나는 "안 돼"라는 말을 하지 않고 아이를 키우는 게 얼마
나 버거운 일인지 비로소 깨달아가고 있다. 자식을 키우는
일이란 뭐든지 되는 드넓은 세상에서 '안 되는' 비좁은 세상
으로 인도하는 길 안내와도 같더라. 찻길에 뛰어들면 안 돼.
위험해. 개울가에서 놀면 안 돼. 빠져. 식탁에서 숟가락 탁탁
치면 안 돼. 다른 사람 손가락으로 가리키면 안 돼. 거짓말
하면 안 돼. 불도 안 돼. 물도 안 돼…. 사회가 약속한 규범의
모든 영역, 이를테면 법부터 사소한 에티켓까지 다 가르치
려면 아이가 내 키만큼 자랄 때까지 끊임없이 '안 돼'만 외
쳐도 시간이 모자랄 것만 같다.

아이가 내 명치에 닿을까 말까 하는 지금이야 생존의 법칙을 가르친다는 명분이라도 있지. 언젠가 사춘기가 찾아올 아들에게 나는 '안 돼'라는 말 대신 다른 무언가를 준비해 둘 수 있을까? 미숙함으로 인한 오판이 눈앞에 선해도 그 미숙함에 기회를 주는 어른일 수 있을까? 자신이 없다. 우선 법과 안전을 지키지 않는 사회 구성원으로 키우게 될까 봐 덜컥 겁부터 난다. 그리고 무엇보다 엄마가 그렇게 키운 내가 과연 괜찮은 어른으로 자란 건지부터 의심스럽다.

추운 겨울 별똥별을 보러 나가겠다는 아들에게 별보다 고아한 아침의 달까지 허락해주는 어른이고 싶은데. 나는 그렇게 마음껏 자랐으면서 내 아이에겐 차마 못 그러는 비겁한 아빠가 되어가는 것만 같다. 불안과의 동거를 즐기는 지금 내 삶의 자세까지 전수하고 싶지는 않은 마음일까? 결국 나 스스로 올바르게 살고 있다는 확신이 들어야만 아들 내미에게도 건넬 수 있는 엄마의 유산일 터이다.

배부른 정규직으로
산다는 것

정규직은 많은 걸 누리고 산다. 수백 대 일의 경쟁을 뚫고 정규직 기자이자 대기업 사원이 된 지 10여 년. 처음 몇 년은 내가 누리는 것들에 대해 돌아볼 여유도 없이 새벽 출근, 밤 퇴근을 반복하며 정신없이 보냈다. 기자들의 오래된 영웅담인 사건사회부 기자 시절이었다. 그러던 어느 날 보도국에서 쫓기듯 떠나 '뉴미디어뉴스국'이라는 생소한 부서로 발령이 났다. 그리고 생애 두 번째 파업이 끝나기 전까지 3년간 그곳에서 머물러야 했다.

뉴미디어뉴스국이 보도국과 가장 달랐던 점은 인력 구성

이었다. 보도국은 TV 뉴스를 제작하는 주요 부서였기에 정규직 기자가 압도적으로 많았고, 뉴미디어뉴스국은 그 당시만 해도 보도국에서 만든 뉴스를 재가공하는 '변두리 부서'로 여겨졌기에 기자보다는 비정규직 기술 인력들이 훨씬 많았다. 그러니까 나는 나의 직종과 계약 형태가 소수에 속하는 부서에서 처음 일하게 된 셈이었다.

새 부서에서는 복잡다단하게 얽혀 있던 부서원들의 계약 조건부터 일일이 파악해야 했다. 무기계약직, 2년 계약직, 파견직, 프리랜서, 인턴. 제각기 달랐던 조건에 비해 연령대는 신기하리만큼 편차가 심하지 않았다. 대체로 20대 중반에서 30대 초중반으로 비슷하게 젊은 편이었다. 당시 입사한 지 몇 년 지나지 않았던 나는 보도국에서 하위 20%의 막내급이었지만 뉴미디어뉴스국에서는 졸지에 상위 20%의 연장자가 되어 있었다. 그러니까 '나이 든 비정규직'은 법적으로나 가능한 조합일 뿐 방송국의 현실에는 거의 없는 존재였던 셈이다.

그런 환경에서 나는 그들보다 더 많은 책임과 권한을 가졌을 뿐 업무 자체는 크게 다르지 않은 일을 하며 3년을 보냈다. 길다면 긴 시간이기에 그사이 인연도 정도 쌓아갔을 터이다. 그렇게 비정규직 동료들의 틈에서 섞여 살다가 뒤늦게 보도국으로 돌아와보니, 예전에는 대수롭게 여기지 않았던 정규직 동료 집단의 정서가 조금은 예민하게 감지되기 시작했다.

먼저 감지된 건 동료들이 쏟아내는 불만에 묻은 기름기였다. 허기지지 않은 불만은 듣기 싫기 마련인데, 대다수 정규직 동료들이 그저 '더 잘나가지 못해서' 불평을 토해내고 있다는 생각이 들수록 속이 더부룩해졌다. 그들이 당연하게 여기는 것들을 절실하게 좇는 사람들의 얼굴이 그 뒤로 겹쳐 보이기 시작한 탓이다.

일상을 대하는 태도 역시 조금씩 불편하게 다가왔다. 비정규직들이 일상의 불안과 싸울 때 대다수 정규직은 무료함과 싸우고 있었다. 비정규직들의 고민이 '인생 힘들다'로 수렴할 때 정규직들의 고민은 '인생 재미없다'로 수렴했다. 생존의 불안을 어느 정도 해소하면 삶이 더 생동할 것 같지만 현실은 정반대로 흐르고 있었던 셈이다. 그렇다고 무료한 일상을 걷어차버리기 위해 지금 누리고 있는 안정감과 혜택을 포기할 수도 없는 노릇이었다. 결국 정규직 동료들은 무료함을 달랠 비싼 취미, 이를테면 골프 같은 것들로 삶의 낙을 찾는 경우가 많았다.

무료함이 지배하는 집단은 성장판이 닫히기 마련이다. 간혹 '더 잘나가기 위해' 애쓰는 사람들이 보였지만 업무적으로 성장하거나 인격적으로 성숙하려 애쓰는 사람은 시간이 지날수록 찾아보기 힘들어졌다. 그럴 필요가 딱히 없기 때문일 것이다. 결국 대기업 정규직의 삶이란 높은 자리를 탐내며 열심히 인맥을 쌓고 라인을 타는 소수와, 그저 정년까지 먹고사는 것에 만족하며 성장의 엔진을 스스로 꺼버리는 다수만 남게 되는 듯했다.

가장 씁쓸한 순간은 내가 사회 초년생 시절 존경의 눈빛으로 바라보던 몇몇 선배들에게서조차 더 이상 아무런 영감도 얻지 못할 때였다. 한때 진취적이고 멋져 보였던 한 선배는 시간이 흐르고 나서 다시 마주하니 마른 우물 긁어대듯 깊은 과거에서 자부심을 긁어대며 살고 계셨다. 몇 년째 같은 화두만 반복하거나 왕년에 잘나갔던 이야기를 지겹도록 늘어놓는 사람들도 점점 늘어났다. 다들 수백 대 일의 경쟁률을 뚫고 치열한 기자 초년생을 보냈던 만큼 과거의 영화는 대화 소재로 연소하기 딱 좋은 공통분모였을 터이다. 반대로 미래에 관한 화두는 대화 주제에 오를 일이 거의 없었다. 현재와 크게 다르지 않을 미래에 대해 누구도 궁금해하지 않기 때문일 것이었다. 나는 늘 누군가의 미래가 과거보다 훨씬 더 궁금했기에 오래 알고 지낸 동료들과의 대화에 점점 흥미를 잃어가는 건 당연한 수순이었다.

이렇게 다시 돌아온 보도국에서 예전 같은 소속감 대신 불편한 마음만 잔뜩 떠안은 채 여태껏 회사를 다니고 있었다. 불편함은 스트레스의 주범이지만, 변화하고 성장할 시기라는 걸 알려주는 마음의 신호이기도 하다. 어차피 떠안게 된 불편함이라면, 배부른 정규직이랍시고 안정감에 취해 살았던 과거와 이별하는 계기로 삼고 싶은 마음이다. 그렇지 않으면 나 역시 현실에 안주하며 나태한 일상을 보내는 정규직 1로 잔존하고 말 테니까.

먼저 내 불만에 낀 기름기부터 걷어내 보려 한다. 정규직의 좁은 문을 통과했다고 해서 몇십 년을 거저 보상받는 삶까지 합당하다고 여겼던 건 아닌지, 안정된 생활을 발판 삼아 더 성숙할 수 있었던 좋은 여건마저 스스로 걷어차며 살아온 건 아닌지 돌아봐야 할 것 같다. 최소한 현실에 다리꼬고 앉아 있으면서 단지 '지금보다 더 잘나가지 못해서' 불평만 해대는 일상과는 이제 멀어지고 싶다.

무료함도 걷어내보려 한다. 안정감은 인간이 얻을 수 있는 가장 축복받은 감정이라지만, 뭐든 지나치면 정서에 해롭기 마련이다. 적당히 먹고살고 있기에 치열할 필요도 없는 그저 그런 삶에 종속되고 싶지는 않다. 성공한 직장인이기보다 성숙한 인간이고 싶고, 매년 볼 때마다 조금씩 더 나아지는 사람이고 싶다. 적어도 누군가의 눈에 지루하게 사는 사람으로, 10년 전이나 지금이나 별반 다를 것 없는 맥없는 인생으로 비춰지고 싶지는 않다.

마지막으로 과거를 향한 입을 닫으며 살아보기로 했다. 나의 과거는 대체로 만족스러웠지만 그래도 현재가 더 즐거운 사람이었으면 한다. 누군가에게 '한때 잘나갔던' 인물로 기억되기보다 앞으로가 더 기대되는 사람으로 남아 있고 싶다. 일단 주변인들에게 자꾸 과거 얘기 꺼내는 습관부터 줄여야 할 일이다.

이렇게 종알거려 놓고 보니 불현듯 몇몇 예외적인 동료들에게 미안해진다. 우리 직장에도 과거보다 현재가 더 멋있는 동료들이 있다. 많지는 않지만 분명히 있긴 있다. 앞으로 내가 배부른 정규직의 지위를 얼마나 더 누리게 될진 모를 일이지만, 적어도 그동안만큼은 그런 소수 동료들의 건강한 삶을 좇으며 직장 생활을 하고 싶다. 거창하게 말했지만 사실 그저 따분하게 살진 않겠다는 얘기다. 변해야 어른이고 생동해야 삶일 테니까.

직장에 닮고 싶은
상사가 있나요?

두 번의 퇴사와
이직으로 얻은
한 가지 교훈

두 번 퇴사를 했다. 한 번은 무작정. 한 번은 회사를 옮겨서. 직장인이 된 지 2년 만에 벌어진 일이라 사회부적응자 의심을 받을 법도 한데, 그나마 세 번째 직장에선 지금껏 10년 가까이 무탈하게 다니고 있다. 물론 그저 다녀지고 있는 걸 수도 있지만.

아무튼 전과(?)가 많다 보니 퇴사나 이직을 고민하는 이들이 더러 찾아와 묻기도 한다. 어느 순간 퇴사(또는 이직)를 결심했냐고. 그 질문은 매번 무겁기에 쉽게 대답을 돌려주지 못하는 편이었다. 그래서 언젠가부터는 마음속에 정답을 마련해두기로 했다.

도대체 나는 언제 회사와의 이별을 결심했을까? 나를 퇴사로 이끌었던 백 가지의 이유 중에 이것 하나가 빠졌다면 결심을 실행하지 못했을 결정적인 이유가 있었을까?

우선 퇴사 당시의 불만들을 옛 일기장에서 들추어낸 뒤하나씩 적어내렸다. 그리고 다시 하나씩 지워갔다. '이 이유만으로는 결코 퇴사하지 않았을 거야'라고 생각되는 불만들을. 그렇게 지우다 보니 결국 단 한 가지의 지워지지 않는 불만이 덩그러니 남았다. 벌써 10여 년 전의 어렴풋한 과거지만 두 차례의 퇴사 당시에도 나의 결심은 이것 하나로 수렴했던 기억이 난다.

직장에 '닮고 싶은 상사'가 없었다.

어느 조직이든 인품이 훌륭한 상사(혹은 선배)는 계셨다. 능력이 월등한 상사도 많았다. 친해지고 싶은 상사도. 다만 '닮고 싶은 상사'는 다른 차원의 문제였다. 아무리 인품이나 능력이 뛰어나도 닮고 싶진 않거나 닮아가기엔 너무 먼 존재일 수 있지 않은가. 결국 '나중에 이 조직에서 성장해서

저 사람처럼 되고 싶다'고 느껴지는 상사가 없거나 사라졌을 때, 조직에 대한 나의 최후의 애정도 함께 식어버렸던 것 같다.

닮고 싶은 사람, 즉 롤 모델이 없는 조직에서 미래를 그리기란 무척 어려운 일이다. 돌이켜보면 첫 번째 직장에서는 애초에 롤 모델이라고 여기며 삶의 궤적을 복사하고 싶은 사람 자체를 찾지 못했다. 물론 내 좁은 시야에만 보이지 않았을 뿐 훌륭한 분은 많이 계셨을 것이다. 다만 조직에 대한 나의 선천적인 존경이 부족했기에 그 테두리 안의 사람들도 크게 보이지 않았던 것 같다. 두 번째 직장에서는 롤모델로 여겼던 몇몇 분들에게 실망을 겪으며 조직에 대한 애정도 함께 사라져갔다. '내가 여기서 잘 돼봤자 저렇게 사는 거 아냐?'라는 생각이 들수록 회사의 큰 품에 안겼던 나의 촉촉한 미래도 시나브로 건조해졌다.

그렇게 두 번의 퇴사를 거쳐 지금 회사에 왔고, 10년째 다니고 있다. 그사이 어느덧 가정을 꾸리고 아이도 태어났다. 책임져야 하는 울타리가 커진 만큼 예전처럼 단순하게 사표를 던지기는 더 어려워졌다. 그래서 웬만한 이유는 속으로 잘근잘근 삼키며 다소곳이 회사를 잘 다녀야겠다고 결심… 했으나, 결국 나는 40대에는 무조건 세 번째 퇴사를 하겠다고 나 자신과 가족에게 선언해버렸다. 지난 두 차례 퇴사를 결정지었던 단 한 가지 질문에 다시 대답을 못 하는 사람이 되었기 때문이다. 말인즉, 우리 회사에 '닮고 싶은 사람'이 사라졌다.

이번에는 첫 번째 퇴사처럼 애초에 롤 모델이 없었던 것도 아니고 두 번째처럼 롤 모델에게 실망을 느낀 경우도 아니다. 그렇다고 롤 모델이 나보다 먼저 퇴사해버린 것도 아니다. 우리 조직에는 여전히 범접하지 못할 만큼 훌륭한 기자들이 있고, 업무로나 인품으로나 배우고 싶은 선후배들도 넘쳐난다. 이런 양질의 동료들 사이에 내가 끼어 있다는 사실에 여전히 감사하다. "어디 다녀요?"라는 질문에 답하는 순간도 아직은 부끄러움보다는 자랑스러움이 조금 더 앞선다. 그러니까 회사는 그리고 동료들은 아무런 잘못이 없다.

단지 내가 변해버렸을 뿐이다. 나의 꿈과 목표를 향한 행로가 '기자'라는 일방통행로에서 이탈해버렸다. 회사의 누군가를 존경하지만 더 이상 그처럼 사는 미래를 그리고 싶지 않아졌다. 다른 방향의 삶들이 궁금해지기 시작하면서 지금 직업을 향한 애정과 열정이 서서히 식어갔다고 해야 할까. 기자로서의 사명감은 지금의 나를 키워냈지만 그게 곧 나 자신이 되지는 못했던 것 같다. 사랑이 식어가는 순간을 어떻게 설명할 수 있을까.

물론 세 번째 퇴사는 아직 먼 미래의 일이 될 것 같다. 지금은 착실하게, 주어진 일에 나름대로 만족을 느끼며 직장생활을 하고 있다. 그래도 '퇴사의 기운'은 감출 수 없는 모양인지, 아니면 예전 두 차례 퇴사 경력이 사람들에게 각인된 탓인지, 여전히 퇴사 고민을 나누러 오는 발걸음들이 종종 내 앞에 멈춘다. 지난주에도 오랜만에 한 후배가 멀리까지 찾아와 물었다. 같이 점심을 먹던 그의 눈빛은 여전히 맑았지만 복잡했다.

"형은 그래서 결정적으로 언제 회사를 나가야겠다는 생각이 들었어요?"

정답을 정리해둔 질문이었기에 이제는 예전처럼 무겁고 느리게 대답하지 않아도 되었다. 나의 두 차례 퇴사와 세 번째 결심에서 도드라진 교집합 하나를 건져올린 뒤였으니까.

"너, 직장에 닮고 싶은 상사가 있니? 만약 있다면, 나 말고 그분께 상의드려봐. 네가 회사와 함께 살아갈 길을 알고 계실지도 몰라. 만약 없다면, 한 번만 더 찬찬히 생각해봐. 혹시 직장 어디에 그런 분이 숨어있는 건 아닌지. 또 그런 분이 존재할 만한 환경의 직장인지 아닌지. 그런데 아무리 생각해도 없다면, 그땐 그냥 나가. 닮고 싶은 미래가 없는 조직에서 고민하느라 에너지 낭비하지 말고."

'공감 무능력자'에서
탈출하려면

공감 능력은
학습된다

당신은 공감 능력이 뛰어난가? 나는 아니다. 그러나 과거엔 훨씬 더 아니었다. 그나마 지금 사회 구성원 구실을 겨우 하며 살아가는 건, '공감 능력은 후천적 학습이 가능하다'는 진리 때문일 것이다. 다행히도.

우선 '공감 무능력자'의 특성을 살펴보면, 경험상 이들은 크게 세 부류로 나뉜다. 첫 번째는 '경험 부족'이다. 집단끼리의 갈등은 대부분 다른 집단을 이해할 시공간적 경험이 부재해서 일어나는 경우가 잦다. 이를테면 '요즘 젊은이'의 얘기를 직접 들어보지 못한 기성세대나, 가난을 피부에 묻혀본 적 없는 재벌 2세들에게 다른 집단에 속한 사람들은 '세상에 없는 존재'나 마찬가지일 터이다. 그러니 존재 자체가 무시되거나 성가시게 여겨질 수밖에. 게다가 한 집단이 다른 집단을 억누르는 계층 구조마저 또렷하게 형성된다면 이런 비공감 현상은 점점 도드라진다. 다른 문제지만 성범죄 역시 학교나 가정에서 이성과 분리된 채 산 사람들이 더 빈번하게 저지를 확률이 높다는 생각이다.

두 번째는 '마음의 여유 부족'이다. 쉽게 말해 '내가 제일 불쌍한' 사람들. 어떤 상황에도 자기 자신부터 동정하는 부류의 사람들은 대개 남의 슬픔과 아픔까지 보듬을 정서적 여백이 없다. 그렇다 보니 누군가의 힘든 모습을 목격해도 '내가 더 힘들어'라며 애써 무시해버리곤 한다. 실제로 본인이 가장 힘든 경우도 있겠지만, 자신을 위로하는 데 삶의 에너지를 지나치게 쏟다 보니 남을 위로하는 가슴이 자연스레 퇴화되어버린 경우도 많다.

마지막은 '자기애 과잉'이다. 나르시시스트들의 마음 구조를 그려보면 보통 자기에 대한 관심과 애정으로 꽉 차서 남이 끼어들 공간 자체가 거의 없다. 또한 성공을 향해 수직 계단을 오르는 데 집중하기 때문에 수평적 관계에 있는 타인의 감수성까지 마음을 넓힐 겨를도 잘 없다. 주인공 의식이 강해지다 보면 타인은 어쩔 수 없이 내 자서전의 조연이나 성공의 도구쯤으로 전락하기 마련이다. 그래서 이런 부류의 사람들은 대개 마음이 급하고, 대화가 일방적이며, 타인의 생각을 '나도 다 안다'고 착각하거나 타인의 경험을 '나도 해봤다'고 스스로 믿어버리는 경우가 잦다. 물론 자신이 그런 공감 무능력자라는 걸 자각하지도 못한다. 그들은 대개 눈치가 없기 때문이다.

물론 공감 능력이 부족해도 아무 문제없이 잘 살 수 있다. 남에게 폐 끼치지만 않는다면야. 그러나 가끔 개인이 아닌 집단으로 공감 능력 부재 현상이 표출될 때는 큰 문제를 일으키기도 한다. 그럴 경우 '공감 무능력자'인 한 인간이 사회적 질병을 퍼뜨리는 숙주로 기능하기 때문이다. 타인의 아픔을 무심코 비아냥대는 게 여론으로 번지고, 사회적 비극을 '내 일이 아니'라며 쉽게 망각하도록 강요하는 현상이 벌어지는 것이다.

세월호 참사에 대해 '지긋지긋하다'고 말하는 이들만 봐도 그렇다. 내가 아는 한 그들은 대개 저 세 부류에 속한다.

자식의 죽음을 경험하지 못거나 그 슬픔을 상상해낼 수 없는 빈곤한 정서의 인간들. 혹은 '나도 삶이 힘들어 죽겠는데 유족들은 몇 억씩 받아서 좋겠다'며 비아냥거리는 사람들. 마지막으로 '내가 어서 빨리 성공해야 하는데 하필 사고가 터져 곤란해졌다'며 공감보다 상황 반전에 서두르는 이들. 그렇지 않고서야 내 아이가 바다에 빠져가는 모습이 전국에 생중계되고 있는데도 왜 한 시간 넘도록 고무보트 몇 대 말고는 아무도 출동하지 않거나 바다에 둥둥 떠 있기만 했는지 알고 싶어 하는 유족들에게 그렇게 모진 말을 퍼부을 수 있을까.

아무튼 그런 '공감 무능력'에서 벗어나려면 우리는 어떻게 해야 할까. 나 역시 그런 섬뜩함에서 자유로울 수 없기에 나를 조금이나마 건강한 방향으로 이끌어준 고마운 경험들을 여기 정돈해둔다. 물론 여전히 배워가는 중이다.

1. 소설 읽기

경험하지 못한 세계와 계층의 문을 두드리는 데 소설 읽기보다 나은 방법이 있을까? 소설은 가상의 세계이기에 타인의 경험에 감정 이입하지 못한다면 결코 그 속으로 빠질 수 없다. 달리 말하면 '난 소설은 잘 안 읽어'라고 쉽게 말하는 사람들은 어떤 면에서는 공감 능력의 부재를 스스로 고백하고 있는 것이다. 물론 그저 취향 차이인 경우도 많겠지만.

나와 전혀 다르게 살아온 소설 속 등장인물들의 삶을 따라 걷다 보면 그들은 왜 그 시점에 나와는 달리 그런 말을 하고 그런 판단을 했는지 곰곰이 짚어보게 된다. 그리고 그들의 정서에 다가갈수록 나의 세계는 마법처럼 한 뼘씩 자란다. 영화와 드라마 같은 다른 창작 콘텐츠들도 물론 마찬가지다. 하지만 시간 제약이 있는 영화와 달리 소설은 쉽게 되돌려 읽거나 잠시 책장을 덮고 오래 고민하기에 더 좋고, 대중성을 의식해야 하는 드라마와 달리 소설은 평소 관심 없던 삶들까지 나의 깊은 곳에서 꺼내어주기에 공감 능력 향상에 더 적합한 듯하다.

나의 경우는 서른이 넘어서야 소설에 빠졌다. 그전까지는 의무적으로 명작들만 골라 읽었던 것 같다. 그러다 서른한 살의 봄, 살만 루슈디의 〈한밤의 아이들〉을 밤새워가며 읽은 뒤로는 지금까지 독서 목록의 8할을 소설로 채우고 있다. 만약 카뮈의 〈이방인〉을 읽지 않았다면, 인간 실존에 대한 고민은 접어둔 채 겉으로 드러나는 행동만으로 누군가를 판단하고 손가락질하는 사람에 그쳤을지 모른다. 〈황금물고기〉를 만나지 않았다면 우리 사회에서는 없는 존재나 마찬가지로 치부되는 이민자의 정서를 어떻게 받아들였을까. 그런 차원에서 〈82년생 김지영〉은 나 같은 82년생 남성들이 더 읽어봐야 하며, 〈백의 그림자〉는 평범하게 아파트 단지에서 자라 정규 교육을 받은 뒤 회사에 취직한 화이트칼라의 손에 쥐어지는 게 더 낫다는 생각이다.

2. 다른 집단에 속해보기

나의 공감 무능력 탈출에 도움을 준 몇몇 사람들에겐 두드러진 교집합이 있다. 일정 기간 나와 찰싹 달라붙어 살았지만, 그전까지는 전혀 다른 집단에서 서식해왔다는 점이다. 대학 시절 3년간 두 친구와 함께 학교 앞에서 자취를 했다. 그들은 모두 지방 출신이었다. 나보다 똑똑하고 열심히 살지만 서울에 정착하기는 훨씬 버거워하는 그들을 보며, 평생 서울놈이었던 내가 유무형의 혜택을 얼마나 받으며 살아왔는지 겨우 인지할 수 있었다.

스물한 살 때 터키에서 한 달간 워크캠프를 한 적도 있다. 10여 개 나라에서 온 스무 명 남짓한 외국인들과 큰 체육관에서 단체로 숙식하며 지냈다. 그때 나와 가장 가까이 지냈던 두 스페인 친구가 레즈비언 커플인 걸 뒤늦게 알았다. 당시에는 왜 그랬는지 내 심장이 떨렸지만, 그때 '성 정체성'이라는 세계에 대한 질문과 배움이 시작되어 지금은 아무렇지 않을 수 있게 되었다.

직장에서도 늘 같은 부서에서 비슷한 사람들과 일하지 않았던 게 공감의 자양분이 됐다. 30대 중반에 새파란 대학생 인턴들의 팀장을 맡으면서, 이 똑똑하고 품성 바른 애들이 취업하기 어려운 이유가 단지 '노오력을 안 해서'인 것만은 아니란 걸 알아갔다. 보도국을 잠시 벗어나 비정규직이 압도적 다수인 뉴미디어뉴스국에서 일해보고 나서야 나의 불만들이 얼마나 기름져 있었는지 겉핥기로나마 자각했다. 그들이 생존을 위해 불만을 쏟아낼 때 나는 늘 '조금 더 잘 나가거나 인정받지 못해서' 불평을 늘어놓고 있더라. 나와 가치관이 다른 선배들이 많았던 경제지나 보수 언론에 잠시나마 몸담았던 경력도 공감의 폭을 키워주었다. 그들 중

대다수는 합리적이었고 막상 듣고 보니 그렇게 생각할 만한 이유도 충분했다.

이런 경험들로 미루어, 인간 사회는 늘 섞여 있어야 한다고 나는 굳게 신념하게 되었다. 내 피부에 닿는 사람들의 면적이 좁을수록 사회적 공감의 영역도 좁아지기 마련이니까. 최근 들어 여야를 막론하고 우리 사회 지도층의 공감 능력 부재 현상이 여실히 드러나고 있다. 강남 8학군이나 외고 혹은 지방 명문고를 나와, 엘리트 대학에 들어가서, 온갖 인간 군상이 다 섞이는 군대조차 어찌어찌 빠지거나 시험 쳐서 들어가는 대체복무를 하고, 어려운 고시나 취업 관문을 통과한 사람들끼리 어울려 회사를 다니며 사회의 지도층으로 커간다. 난 그들 개인을 탓하는 대신 동정하고 싶다. 그들은 공감 능력이 거세되도록 길러졌을 뿐이다.

3. 자존감 키우기

결국 궁극적이자 가장 어려운 해결책일 것이다. 자신감보다, 자기애보다, 자존감이 더 높은 사람이어야 한다는 것. 나를 존중하는 사람은 남을 존중하지 않을 수 없다. 존중감은 나와 너를 비교하거나 구별하지 않는 정서에서 자라나기 때문이다. 간혹 오로지 자기 자신만 존중하는 사람이 있다면, 그건 교만과 인정욕구를 존중으로 착각하고 있을 뿐이다.

자존감이 낮으면 자기 동정에 바빠지고 남을 비교 대상으로 설정하기 쉬워진다. 나 역시 그런 함정에 자주 빠졌으며, 지금도 벗어나지 못해 부끄러운 순간을 간혹 경험하고 있다. 누구'보다' 잘해야 비로소 잘한 것처럼 보이고 누군가를 앞서야 마음이 놓이는 감정들. 경쟁심과 열등감은 공감능력으로부터 가장 멀리 기생하는 감정이기에, 그런 고약한 마음이 무성하게 자라나려 할 때마다 억눌러주는 습관이 필요하다.

그런데 그 마음을 어떻게 억누르고 자존감을 키울 수 있을까? 사람마다 다르겠지만 나의 경우는 '낮은 곳으로 혼자 떠나는' 여행이 해답이어왔다. 여행은 과거의 나를 마주하는 의식이자, 다른 세계의 문을 허리 숙여 노크하는 겸손의 몸짓이다. 화려한 관광지보다는 소박하더라도 두 발이 붕 뜨지 않고 땅에 착 달라붙어 있는 듯한 그런 여행지들에서 나의 자존감은 겉포장을 뜯고 나와 조금씩 속살을 내보인 것 같다. 공감 능력의 성장을 가로막는 경쟁심, 이기심, 자기애와 자기 동정 따위를 낮은 세계에 조금이나마 벗어두고 귀국길에 올랐던 값진 기억들이 참 많다.

여태 종알거린 공감 무능력자 탈출법은 나의 경험에 기인했음을 다시 한번 부끄럽게 밝힌다. 그래도 늦게나마 배워가려 발버둥 치는 게 안 하는 것보단 나을 테니까, 미완의 과정이지만 끄적여둔다.

다만 한 가지 걱정은 이 글을 읽는 사람들에 관해서다. 이 길쭉한 글을 보는 내내 고개를 끄덕여줄 사람들은 아마도 공감 능력을 타고났거나 뒤늦게라도 잘 학습한, 그러니까 굳이 이 글을 읽을 필요가 없는 사람들이 대부분일 것이다. 반대로 꼭 읽어주길 바라는 부류는 아마 제목만 보고 '내 얘기 아니네?'라고 지나치거나 '나도 다 알아'하고 무시할 확률이 높다. 그럼 이 글의 효용 가치는 안드로메다로⋯. 그래도 뭐, 누구 하나라도 이 마지막 문단을 읽고 뜨끔해서 다시 처음부터 글을 읽어보지 않을까?

나이 들수록
'이성사람친구'가 필요하다

벌써 20년 가까이 지난 초봄. 요즘 말로 '여자사람친구'를, 대학 새내기 때 처음 만났다. H와 나는 같은 상경 계열 동기였다. 갓 스물한 살. 남고를 나왔던 나의 이성관은 단순했다.

'안 예쁘면 안 친해지고 싶더라 — 그런데 예쁘면 친해지지 않고 좋아지더라 — 그러니까 여자는 친구가 될 수 없다'

이 단순무지한 3단 논법의 틈에 얼마나 풍성한 감정이

스며들 수 있는지에 대해 상상도 경험도 못 했던 나이였다. H는 그 틈을 열어준 첫 '여사친'이다. 뽀뽀하고 싶지 않은데 늘 같이 있고 싶었다. 함께 길을 걷거나 전화 통화를 하고 나면 머리에 상쾌한 바람이 스미었다. H와 얘기하는 게 좋아서 그의 집까지 한 시간가량을 데려다주고 다시 한 시간 걸려 학교로 돌아온 적도 많았다. 이성적인 감정이 없진 않았겠으나 발화될 정도는 아니었던 것 같다.

우린 도통 남 이야기를 잘 하지 않는 사이였다. 누구의 험담을 하는 대신 우리가 어떻게 살고 싶은지, 어떤 삶이 더 재밌을지, 그런 삶을 위해 지금 무얼 시도할 수 있는지에 대한 말과 생각을 나누는 데에 대부분 시간을 할애했다. 솔직히 말하면 H가 그런 사람이기에 내가 맞춰준 거였다. H와 함께 있으면 나도 그런 진취적인 사람 같아 보여서. 그러는 사이 나도, 아주 조금씩이나마 H를 닮아갔던 것도 같다.

드문 일이었지만 감정이 크게 격동할 때에도 서로에게 달려가곤 했다. 예컨대 사랑의 아픔을 겪었을 때. 오랜 연인과 두 차례 헤어졌는데, 그때마다 H에게 가장 먼저 달려가 어깨에 기대어 펑펑 울었다. 그냥 술이나 먹자는 다른 친구들보다 H가 내 맘을 더 깊이 헤아려줄 것만 같아서. 기대어

우는 동안에도 H는 키와 어깨가 정말 작구나, 생각했다.

H는 졸업한 뒤 국내 유력 증권회사 입사를 반납하고 월급이 절반밖에 되지 않는 프랑스계 전력회사에 취직했다. 프랑스 본사에서 몇 년 근무하게 해준다는 조건에 끌렸기 때문이었단다. 덕분에 우린 프랑스에서도 조우했다. 스물일곱 살의 겨울, 한 달간 유럽 여행을 하면서 H가 머물던 그레노블에 들렀고 나흘간 함께 프랑스 남부 구석구석을 즐겁게 돌아다녔다. 같이 여행하기 전 당시 여자친구(지금의 아내)에게 허락을 받아야 했는데 여자친구는 별 동요 없이 그러라고 했다. H가 밉지만 H니까 괜찮을 것 같다고 했다.

지금 H는 미국에서 두 아이를 키우며 대학 티칭스쿨에서 학생들을 가르치고 있다. 온갖 삶을 경험해본 뒤 그가 내린 결론은 '평생 배우고 가르치며 살고 싶다'는 거였다. 그 사이 나는 기자가 되었다. 몸이 멀어진 데다 완전히 다른 길을 가다 보니 우린 연락이 뜸해졌다. 가끔 전화해도 예전처럼 머리에 상쾌한 바람이 스미진 않는다. 전공에 관한 생각으로 꽉 찬 H의 공부 얘기는 이해하기 어렵고, H도 나의 기자 생활이 궁금하지 않을 터였다. 더 이상 현실에 밀착한 친구는 아닌 셈이다.

그러나 지금의 나는 H를 빼놓고 설명할 수 없다. 지금은 비존재가 되었어도 나의 성장 과정에서 가장 커다랗게 존재하는 친구이기 때문이다. 꿈이 만발하던 시절의 꿈을 나누던 친구. H는 내겐 영원히 돌아오지 않을 봄날 같은 친구다.

회사에서 일하기 시작하면서는 다른 여자사람친구가 생겼다. 지금까지도 '현실 친구'들로 남은. 첫 번째 직장에서 만난 K는 엉뚱해서 좋았다. K는 늘 소소한 딴생각을 품으며 사는, 이를테면 '소심한 이단아'다. 쉽게 말해 일상이 무료해지는 걸 못 참는다. 회사 나갈 생각. 나가지 못하면 뭐라도 재밌는 걸 해볼 생각. 늘 그런 기발한 궁리들로 머릿속이 가득 차 있다. 그래서 조금만 만나지 않아도 도대체 뭘 생각하며 사는지 궁금해지는 그런 친구다.

그런 소소한 딴생각들을 K와 자주 나누다 보니 나는 어느새 그동안 걸었던 길과는 전혀 다른 방향으로 걷고 있었다. 주어진 길, 남들에게 인정받는 길을 우선 목표하며 걸어왔던 내게 K가 엉뚱한 샛길을 열어준 것이다. 주제도 모르고 큰 꿈만 꾸느라 잔구멍이 많던 내 삶은 K 덕분에 더 소소한 행복과 시시한 아름다움들로 가득 메워졌다. 지금도 우린 회사 때려치우고 뭘 할지를 궁리하다 '네가 먼저 안 그만두니까 나도 못 한다'며 서로를 탓하고, 인기 없는 팟캐스트도 3년째 같이 진행하며 '우린 재밌는데 왜 인기가 없는지 모르겠다'고 푸념한다. 가끔 보고 싶다며. 술이나 마시자며.

마지막으로 소개할 여자사람친구는 지금 직장의 동료인 J다. 두 번째 직장부터 지금 세 번째 직장까지 같이 다니고 있는 J는, 나보다 5살이 어리지만 내겐 누나 혹은 선생님과도 같은 존재다. 누굴 훈계하는 스타일은 아니지만, 그저 대화를 나누고 혼자 집에 돌아오면 나를 반성하게 하는 그런 친구. J의 백 마디 말속엔 99번의 공감과 한 번의 조심스러운 조언이 있다. 그 조언은 길게는 몇 년씩 내 가슴에 주렁주렁 매달려 있곤 한다. 예컨대 내게 '오빠 이번에 쓴 글은 정념으로 꽉 차 있네'라고 지나가는 듯 한마디를 건네면, 나는 한동안 내 온갖 글들 속에 깊숙이 박힌 정념들을 찾아내고 걷어내느라 고생하는 식이다.

무엇보다 J가 내게 준 가장 큰 선물은 글 쓰고 싶다는 욕망이다. 담백하면서도 다 읽고 나면 행간의 여백을 오래 헤엄치게 만드는 J의 글은 내 질투심과 존경심을 동시에 자극했다. 그 자극이 마음속 어딘가에 씨앗을 뿌려 나는 지금도 이렇게 밭을 갈듯 글을 갈고 있는 것만 같다. 꾸준히 쓰다 보면 언젠가는 J처럼 깊고 우아한 사람이 될 것만 같아서.

이렇게 세 명의 여자사람친구 얘기를 꺼낸 이유는 단명하다. 그들이 내 친구라는 게 자랑스럽고 또 다행스럽기 때문이다. 이성사람친구가 있었기에 내가 들여다볼 수 있게 된 세상의 영역들이 참 많다. 만약 그들이 없었다면 나는 여성에 대해 모르기 때문에 더 쉽게 말하는 사람이 됐을 것만 같다. 여성성과 남성성을 더 명확히 구분하거나, '여자는 말이야…' 따위의 말을 더 함부로 내뱉는 사람이었을 것이다. 경험이 단절될수록 단정적인 사람이 되기 쉬우니까. 물론 애인도 만나봤지만, 사랑하는 사이(정확히 말해 성(性)을 나누는 사이)가 결코 메울 수 없는 '이성에 대한 공감' 영역은 그들이 없었다면 텅 빈 채로 남아 있었을 테다.

특히 여성주의 담론이 쏟아지는 요즘 나는 그들의 판단과 생각에 더 많이 의존하게 된다. 취재 현장에서도, 책에서도 그동안 여성들이 당한 피해와 불공정에 대해 배워가는 요즘이지만 아무래도 가장 마음에 와닿는 건 내 가족과 내 친구들의 얘기다. 여성주의 이슈에 관해 판단이 잘 서지 않을 때마다 나는 K나 J에게 전화를 걸어 "야, 이런이런 생각이 들었는데 맞는 거냐?"라고 무턱대고 묻기도 한다. 내가 다가가보지 못한 세계에서 그들은 처음 듣는 이야기를 해줄 것만 같아서. 그들과 소통하지 않으면 난 구시대를 답습하면서 그런 줄도 모르고 사는 남성으로 잔존할 것만 같아서.

어떤 집단에 대한 혐오감은 그 집단과 밀접한 유대관계를 맺어본 적이 없기 때문에, 즉 '잘 모르기' 때문에 생기는 경우가 많다. 그래서 나이가 들수록 '어린 친구'도 '이성사람친구'도 더 많이 사귀어야 한다고 믿는다. 보편적으로 나이가 들수록 생각은 굳기 마련이니까. 나와 다른 집단의 친구들과 소통하며 그들의 삶을 간접 경험하는 일이야말로 딱딱하게 굳어가려는 편견 덩어리를 용해해줄 '생각유연제'가 될 터이다.

그런데 필요성과는 반비례로 나이가 들수록 어린 사람과도 이성과도 가까이 다가가기 어려운 게 현실이다. 그럴 기회도 잘 없거니와 아무래도 공감의 영역이 좁아지는 만큼 더 신중해야 할 게 많다. 그래서 이미 오래된 친구인 저들은

내게 대체 불가능의 존재로 남았다. 그래서 참 다행이다. 내
일상에 그들이 이미 들어와 있어서. 앞으로도 계속 그렇게
있어줄 것 같아서. 나만 잘하면.

친구 어머니 장례식장에서
만난 친구

아마도 생애 가장
찡, 했던 순간

자정이 막 지날 무렵. 전화벨이 울렸다. 10년 지기 친구의 전화였다. 술을 마시고 있거나 마시자는 전화인가, 하는 생각이 들었지만 그러기엔 너무 늦은 시각이었다.

"어, 웬일이야?"

"형, 어디야?" (한 살 어린 친구라 나를 형으로 부른다.)

"천안."

"거긴 왜?"

"놀러왔지."

회사에 이틀 연차를 내어 아내와 펜션을 잡고 놀러온 날
이었다. 황토찜질방에서 실컷 뒹굴고, 오리백숙을 먹고, 각
자 가져온 악기 연습을 하다 막 잠들려던 참이었다.

"S 어머니가 돌아가셨대."

"뭐? 갑자기 무슨 일이야?"

"나도 방금 들어서 잘 모르겠어."

"S는 지금 어디래?"

"장례식장 막 구했나 봐. 일단 수습하고 있는 중인 거 같
으니까 내일 가보려고. 형도 멀리 여행까지 갔으니 한숨 자
고 내일 와."

"그래야겠네. 다른 애들은?"

"지금 막 전화하고 있어. 시간이 너무 늦어서⋯."

우리는 여섯 명이다. 열아홉, 스무 살 무렵부터 함께 수
업 듣고, 술 마시고, 다투고, 여행 다닌 친구들이다. 나의 결
혼식 축가도 그들 몫이었다. 셀 수 없이 쌓인 추억들 중 가
장 포근했던 기억을 꼽자면 아무래도 S네 고깃집에 갔을 때
였다. S의 부모님은 서울의 한 대학가에서 돼지고기를 팔았

다. 당시 대학생이던 우리가 갈 때마다 배가 터지도록 삼겹살을 내어주셨다. 아마 돈을 냈다면 며칠 용돈은 다 털어야 했을 거다. 아들내미 친구들이랍시고 민폐만 끼친 셈인데 S의 어머니는 싫은 내색 한 번 하지 않으셨다. 오히려 부른 배를 내밀고 꺼억꺼억 대고 있으면 슬며시 와서 "디저트 먹어야지?" 하시고는 돼지갈비 몇 덩어리를 불판에 올려놓고 가셨다.

한번은 내가 오랫동안 사귀던 애인과 헤어지고 난 뒤 S네 고깃집에서 모인 적이 있다. 술에 잔뜩 취해 눈물을 찔끔거리던 나를 친구들은 마냥 놀려댔다. 비아냥 들을 기분이 아니었던 나는 결국 토라져 그 자리를 박차고 일어났다. 가게 문을 열고 나가 한참 씩씩거리며 걷고 있는데 뒤에서 S의 목소리가 들렸다.

"형, 진짜 갈 거야?"
"어. 여기 있을 기분 아냐."
"그러면 이거 가져가. 엄마가 주는 거야. 집까지 멀 텐데 지하철 말고 택시 타고 가래."

S의 손에는 어머니가 쥐여줬다는 만 원짜리 두 장이 들려 있었다. S는 돈을 내 주머니에 욱여넣고선 돌아갔다. 속도 몰라주고 놀려대기만 하던 친구들 때문에 잔뜩 화가 났던 마음이 단숨에 누그러졌다. 그리고 주머니 속 지폐 두 장을 만지작거리다, 머뭇머뭇거리다, 그냥 지하철을 탔다.

그런 S의 어머니가 방금 전 돌아가셨다. 대학 졸업하고 직장인이 되어서는 찾아뵌 적이 없다. 매번 배불리 얻어먹었던 고기와 꼬깃꼬깃 건네받은 2만 원의 빚은 영원히 갚지 못하게 됐다. 내일 일어나서 얼른 가봐야지, 하면서도 잠들기가 쉽지 않았다. 포근한 기억들이 머릿속을 슬피 깨웠다. S는 지금 뭘 하고 있을까. 장례식장은 잘 구했으려나. 그런 사무 처리를 할 경황이나 있을까. 새벽 한 시가 넘은 시각. 잠 못 들고 뒤척이고 있는 나에게 아내가 말을 건넸다.

"지금 올라갑시다, 우리."

잠들기도 쉽지 않고, 마음이 무거우면 지금이라도 서울로 돌아가서 빈소에 가는 게 맞는 것 같다고 아내는 말했다.

오랜만에 얻은 이틀 휴가였다. 내일 계획해둔 일정도 있었다. 그럼에도 '지금 올라가자'고 말해주는 사람이 있어 미안하고 다행이었다. 새벽 한 시 반. 우리는 펜션 주인께 짧은 메모를 남기고 차를 타고 서울로 향했다.

"다른 친구들은 온대요?"
"아니요. 내일 다 모이기로 했어요. 너무 늦었으니까."
"그래요. 그래도 한 명이라도 곁에 있는 게 낫지요."
"근데요, 왠지…."

말을 더 꺼내려다 말았다. 늦은 밤의 고속도로는 온통 까맸다. 문득문득 멍해지는 마음을 다잡아야 했다. 억지로 집중을 해서 그런지 올라가는 길은 내려올 때보다 한참 멀었다. 끝없는 직선 주로를 달리는 내내 한 줄기 푸른 광선 속으로 빨려 들어가는 기분이었다. 다행히 별 탈 없이 서울에 도착한 뒤 강북구에 있다는 장례식장을 검색해서 찾아갔다. 새벽 세 시가 훌쩍 넘은 시각이었다. 빈소 현황판에는 익숙한 이름이 보이지 않았다. 아직 빈소도 완전히 정해지지 않은 듯했다.

"혹시 오늘 자정쯤 온 상주가 있나요?"

안내데스크 직원분께 물으니 손가락으로 어느 한쪽을 가리켰다. 까만 옷을 입은 사람들로 북적이는 방이 보였다. 그리고 얼른 발걸음을 옮겨 임시 빈소에 다다른 순간, 내 눈은 이미 본 듯한 풍경을 보고 말았다. 그리고 입으로 종알거렸다.

"내가 이럴 줄 알았어."

나 빼고, 미국에 있던 친구 한 녀석 빼고, 나머지 네 명이 이미 거기 모여 있었다. 분명히 서로 '내일 모이자'고 한 녀석들이었다. 고속도로를 타고 올라가는 와중에도 왠지 그런 직감이 들었다. 이미 우리 중 누군가 S 곁을 지키고 있을 것 같다고. 어쩌면 우리 모두가 함께 있을 것도 같다고.

이 녀석들에게 나는 대학 시절 내내 참 많이 토라졌다. 대부분 공대생이라 사회과학도였던 나와 취향도 관심사도 맞지 않았다. 술도 얼마나 억지로 먹여대던지, 이 녀석들을 만날 때면 모이기 전부터 가슴이 꽉 조여왔다. 우연히 친해졌고 여행도 다니고 깊은 추억을 쌓았지만, 뭔가 나와는 지향점도 가치관도 다른 집단 같았다. 그래서인지 술자리마다 나는 한 살 많은 형임에도 자주 놀림을 받았다.

한때는 서서히 멀어져야겠다고 다짐했던 적도 있었다. 그럼에도 인연은 줄곧 이어졌다. 이런저런 핑계 대며 피하는 나를 끈질기게 불러주었기 때문이다. 그러는 사이 우리는 서로를 닮아가거나 공통분모를 찾아나갔다. 뭔가 속 깊은 얘기를 터놓거나 진지한 순간을 맞이한 경험은 드물지만, 그냥 서로에게 있어주었다. 그 순간도 마찬가지였다. 꼭 두새벽 빈소에 고인의 가족 친지가 아닌 사람은 우리들뿐이었다.

사흘간 장례를 치르는 동안 우리는 돌아가며 S의 곁을 지켰다. 두 번의 긴 밤을 보내고 발인을 앞둔 새벽. 문득 S가 말을 꺼냈다.

"너네 우리 엄마한테 인사 안 드렸지?"

깜빡하고 있었다. 그러고 보니 사흘 내내 빈소에 머물면서 절 한 번 하지 않았다. 우리는 마지막 문상객이 되어 영정 앞에 섰다.

"형이 향 피워드려."

한 살 많은 내가 한 발 앞에서 무릎 꿇고 앉아 향을 피웠다. 엎드려 절하기 전, 물끄러미 영정을 바라보았다. 디저트로 먹으라며 돼지갈비를 불판에 올려주던 친구 어머니. 토라져 집에 가는 내게 택시비를 쥐여주던 친구 어머니. 나에겐 이런 친구 엄마가 또 있었을까. 아마 앞으론 없을 거야. 이젠 나도 꽤 늙었으니까. 우리는 함께 절을 올렸고, 둥글게 모여 서로 어깨에 기대어 잠시 울었고, 이내 영정사진과 관을 나누어 들었다.

벌써 10년 가까이 지난 이야기다. 그사이 우리 여섯은 모두 마흔 살이 되거나 넘었다는 것 빼고는 크게 달라진 게 없다. S의 아버지가 홀로 남아 운영하시는 고깃집에 가서 또 실컷 얻어먹었고, S의 결혼식 날 내가 사회를, 나머지 녀석들이 축가를 맡았고, 내가 휴직을 하고 떠나온 춘천에 모여 밤늦도록 술을 마셨다. 술에 취하고도 우리끼리 S의 어머니 이야기를 꺼낸 적은 드물다. 슬프거나 진중한 분위기와 우리는 좀처럼 어울리지 않으니까. 그럼에도 이렇게 글로나마 오래된 기억을 소환한 건 순전히 날짜 탓이다. 2월 마지막 날 언저리가 되면 2013년의 그 꼭두새벽이 꼭 한 번쯤은 떠오른다. 어쩌면 짧지 않은 생에서 가장 감동적인 순간이어서 그럴지도 모르겠다.

우리 여섯 중 내가 그나마 나은 재능이 있다면 글일 것이다. 대학 시절부터 공대생인 S의 취업 자기소개서를 봐주기도, 또 다른 녀석의 연애편지를 대신 써주기도 했다. 내가 S 어머니에게 진 빚을 갚을 길이 있다면 그것도 그나마 글 말고는 달리 떠오르는 게 없다. 그래서 한 번쯤은 헌사를 하고도 싶었다. 귀천하신 그날, 사랑하는 아들내미 곁에 누군가 잔뜩 있었다는 걸 뒤늦게나마 기록해둔다면 멀리서도 흐뭇해하시지 않을까. 지금 이 글이 그 기적 같은 연결고리가 되어준다면 딱히 더 바랄 것도 없겠다.

돌아보면 매번
'너무 늦은 나이'였다

일기장에서
찾은 미래

서른아홉의 끝자락에 매달려 이 글을 쓴다. 얼마 전 부모님 댁에서 나의 옛 지문이 묻어 있는 일기들을 꺼내어봤다. 여덟 살부터 스물아홉까지, 내세울 것 없는 조촐한 역사가 지워지지도 않고 차곡차곡 쌓여 있었다. 나라도 예뻐해줘야겠다는 마음으로 하나하나 읽어내려 보니 신기한 공통분모가 눈에 띄었다. 한 해가 저물 무렵마다 매번 일기가 비슷한 정서로 수렴하고 있더라. 이름 붙이자면 '나이 듦의 정서'쯤 될 것이다.

스물아홉 살 일기장의 끝엔 이렇게 쓰여 있었다.

'관습을 거부하는 게 더 이상 멋있지 않은 나이. 관습과 악수하며 웃어야 할 나이.'

스물세 살의 끄트머리는 이랬다.

'청춘이 저문다. 현실을 받아들이고 부풀었던 꿈을 절반 씩 접어나갈 나이.'

심지어는 새파랗던 열여덟 살의 겨울에도.

'뭘 시작해보기에 나는 늦었다.' (고3을 앞둔 터라 세상 비장했을 거다…)

이렇게 지난날을 모아놓고 보니, 매해 뭘 하기엔 너무 늦었다고 푸념만 하며 살아온 것만 같았다. '나이에 맞게 해야 할 일이 있다'는 보편 지향의 삶에 왜 그리 스스로를 욱여넣고 살아왔을까. 누구도 강요하지 않았는데 말이다. 매 나이마다 해야 할 일을 정해두고 그대로 살아내느라 정작 하고 싶은 걸 포기해버리는 패턴이 나이테처럼 폐곡선을 그리고 있었다. 물론 정반대로 하고 싶은 것만 하며 살았다면 그 나이대에만 해볼 수 있는 것들을 놓쳤을 수도 있겠지만, 그런 경험도 겪어봤어야 더 삶답지 않았을까.

결국 매번 나를 멈추게 한 건 늦은 나이가 아니라 늦었다고 생각하는 나 자신이었다. 늦었다고 생각했을 때 시작했더라면 지금쯤 이루고도 남았을 일들이 참 많았던 것 같다. 이루어냈든 포기했든 다 자산이 되었을 텐데 늦었다는 생각에 시작도 안 하는 바람에 내겐 자산은커녕 주름 같은 시간의 빚만 쌓였다.

마흔이 다가온다. 40대는 어떻게 살까. 22년간의 일기장이 이미 답을 내려놓고 서른아홉의 나를 마중 나와 있었다. 일기를 썼을 때보다 늦은 나이지만 이제는 거꾸로, 늦었단 핑계로 내버렸던 꿈들을 내 손으로 다시 주워들이며 살고 싶다. 나는 작가가 되고 싶은 사람이었다. 가장 원초적인 꿈이다. 그래서 지금 이 글을 쓰고 있다. 나는 마을을 만들고 싶은 사람이었다. 그래서 큰 빚을 내어 비어가는 동네의 작은 폐가를 샀다. 공유서재로 꾸며 책도 읽고 사람들을 불러 모을 거다. 나는 영화를 만들고 싶은 사람이었다. 마흔다섯 살 즈음이 되면 영화 아카데미에 만학도로 지원해보려 한다. 일단 시나리오 쓰는 법부터 배우기 위해 책 한 권을 샀다. 그냥 살아지기엔 하고픈 게 너무 많은 삶이어왔다. 하나씩 해보려고 한다. 그 시간을 벌기 위해 일단 내년부터 긴 휴직에 들어간다. 더 이상 나이 핑계 대지 않을 거다. 살아지다 사라지고 싶지 않다.

물론 가장 큰 걱정은 생계다. 이러다 가족들 먹여살릴 수나 있을까? 이 질문 앞에 매번 무너졌다. 하지만 생각을 고쳐먹기로 했다. 죽도록 하면 그럴 수 있을 것 같다. 해보지도 않고 단정 지으면 내가 너무 초라해지니까. 왜 나는 '안될 것'이라 예단하며 나 자신에게 기회조차 주지 않고 살아왔을까? 뭘 그리 잃을 게 많았다고. 아무도 내게 먹여살려 달라고 애원한 적 없는데. 그렇다고 먼 훗날 '가족을 위해 삶을 바쳤다'며 희생을 긍정하고 뿌듯해할 성격도 아닌데 말이다. 도리어 휴직하면 당장 돈은 못 벌겠지만, 아이와 훨씬 가까이 지낼 수 있기에 돈보다 값진 경험과 자산을 안겨 줄 수도 있을 터이다.

결심을 하고 나니 이미 뭔가를 반쯤은 이룬 듯 설렌다. 하루가 멀다 하고 지압이 필요했던 머릿속에 다시 상쾌한 바람이 불어오는 것만 같다. '부풀었던 꿈을 절반씩 접어나 갈 나이'라고 일기를 썼던 스물세 살의 나보다 지금이 조금 더 철없고 젊어진 기분이다. 서른아홉 살의 일기장에 다시 지문을 묻힌다면, '나이 듦의 정서'를 겉돌던 폐곡선을 비로소 끊어내고 싶다. 그래서 더 이상 쓰지 않는 종이 일기장 대신 여기 이렇게 적어둔다.

"누군가 '인생에서 가장 행복했던 때가 언제였냐'고 물어온다면, 내겐 올해야. 다시 살아가는 기분이거든. 다만 소망이 있다면 내년 이맘때쯤엔 '내년'이라고 답할 수 있기를. 늘 그런 삶이기를."

2020년 10월

춘천에서

 춘천에서 끝글을 띄웁니다. 글 쓰는 내내 존댓말을 쓰고 싶어 손가락이 간지러웠어요. 활자로나마 처음 만나는 당신에게 반말은 실례 같았거든요. 그래서 당신이 제 책을 덮고 떠나려는 지금 이 순간만큼이라도 정중하게 배웅하고 싶었습니다. 늘 그렇듯 안 하는 것보다 늦은 게 나으니까요.

 저는 지금 직장에 긴 휴직계를 내고 춘천에서 소담한 공유서재를 꾸리며 지냅니다. 아이를 키우고, 앞마당을 쓸고, 유리창을 닦고, 늦은 오후 서향집에 쏟아지는 햇살을 먹으며 책을 읽다가 졸거나 조촐한 글을 끄적이고, 서재에 오는 분들에게 차 한잔을 내어드리는 일상이지요. 눈치챈 분도 있겠지만 이 책에 담은 글의 일부도 이곳에서 썼답니다. 휴직 기간인 스무 달만 문 여는 이 시한부 공유서재의 이름은 '첫서재'입니다. 저의 첫 모습을 되짚고 서투름을 기꺼이 들키는 공간이고픈 바람을 담백한 세 글자에 담았어요. 제 삶의 모양을 빼닮은 공간으로 차려놓아 그런지, 첫서재를 찾아주는 이들은 대개 저와 결이 비슷한 사람들입니다. 딱히 대화를 나누지 않아도 골라 읽는 책에서, 차림새에서, 앉은 자세와 미지근한 눈빛에서, 떠난 뒷자리에서 그걸 느껴요. 그들 역시 저마다의 서투름을 여기 쌓아두고 돌아서는 듯합니다. 결이 닮은 사람과 정다운 무관심을 주고받고 내 손과 발이 닿는 범위에서 삶을 매만지는 하루. 이런 나날의 반복을 오래 꿈꿔 온 듯한 착각 속에서 평온하게 살고 있습니다.

달리기 경주하듯 숨 가쁘던 서울의 삶을 잠시 멈추고 소도시로 발걸음한 까닭을 정교하게 설명하긴 어렵습니다. 다만 글쓰기가 저를 인도했다는 것만큼은 확신해요. 첫 글에서 썼듯이 저는 익숙함을 걷어내고 진짜 내 모습을 찾기로 어느 날 결심했습니다. 그리고 그 여정을 기록하거나 지난

낱을 돌아보는 글을 매주 일요일마다 꼬박꼬박 썼지요. 생각한 바를 쓰다 보니 쓴 대로 살고 싶다는 마음의 점성이 점차 늘었습니다. 결국 주어진 휴직 기간만이라도 내가 바라는 삶의 모양대로 살아보겠다는 결심에 이르게 되었고요. 글을 쓰다 삶의 행로를 틀고 책까지 엮게 된 셈입니다. 그래서 부끄럽지만 한편으로는 다행스럽습니다. 지금이라도 제 삶을 되돌아보고 고쳐나가지 않았다면 자칫 거울 앞의 나를 지나치게 비대하거나 왜소하게 보는 착시현상을 평생 겪게 되었을지도 모르니까요. 모두가 알고 저만 모르는 눈병을 안고 사는 삶이라니요. 여전히 고작 이 정도밖에 못 자란 어른이 쓴 글이지만, 그래도 이 정도라도 쓰게 되어 다행이라는 생각입니다.

제가 잠시 머무는 이곳 춘천은 봄(春)을 이름에 품은 우리나라 유일의 도시입니다. 그런데 알고 계시나요? TV 일기예보에 등장하는 우리나라의 주요 도시들 중에서 춘천의 벚꽃 개화 시기가 가장 늦습니다. 게다가 분지 지형이라 여름은 또 일찍 찾아오지요. 봄이 가장 늦게 왔다가 얼른 달아나는 도시가 역설적으로 '봄'이라는 이름을 유일하게 차지한 셈입니다. 유난히 추운 도시인 만큼 지각한 봄이 더 소중해서일까요? 이유를 고증하긴 어렵겠지만 그렇게 추측한다면 이 도시의 계절이 더 와닿습니다. 제 삶에도 그런 이름이 붙었으면 좋겠다고, 섣부른 이입을 해보게 되기도 하고요.

이 책의 마지막 원고 역시 짧은 봄이 달게 여무는 무렵 쓰게 되었습니다. 첫서재 앞마당에 있는 60살 된 라일락나무에는 일 년에 단 보름여만 피는 하얀 라일락꽃이 만개했어요. 생애가 계절이라면 저는 무더운 한여름을 나고 있는 중이겠지만, 봄의 도시에서 봄에 마무리 짓는 이 책을 읽는 순간만큼은 앞으로도 잠시나마 계절 감각을 상실하고 봄 만지는 기분에 취할 것만 같습니다.

뜬금없이 봄 얘기를 늘어놓은 까닭이 있습니다. 이 책을 시간 내어 읽어준 분들께 이 감각을 전이하고 싶었어요. 어느 계절에 이 책을 열더라도 마지막엔 봄의 기운을 느끼며 닫길 바라는 마음으로요. 결국 이 책의 모든 활자도 그 심정으로 쓴 것들이니까요. 인생의 봄날을 돌이켜 의미를 되짚고, 그 시절이 정화한 생각과 감각을 잃지 않는 어른으로 성숙하길 바라는.

마지막으로 제 글이 저의 다짐으로만 머물지 않도록 출판까지 이끌어준 편집자와 북디자이너 및 출판사 관계자, 그리고 가족이란 이름으로 묶인 사랑스러운 존재들에게 감사를 전하며, 생의 봄날을 갓 움틔우고 있는 한 아홉 살 어린이에게 언젠가 이 책이 정답게 읽히기를 기적 같은 마음으로 기원합니다.

2022년 봄

추천의 글

사람은 변하지 않는다는 말을 아무렇지 않게 하는 사람을 별로 신뢰하지 않는다. 타인의 변화의 가능성을 그리 쉽게 일축할 수 있는 사람이 과연 오늘보다 나은 내일을 만들어갈 수 있을까.

물론 저자 역시 법정 스님의 〈무소유〉를 읽었다고 해서 욕심을 버릴 수 있는 사람이 되지는 못했다. 그러나 적어도 스님의 죽음 앞에서 저자는 세속적 욕망과 화에 찌든 자신이 괴물 같아서 울고 또 운다. 그런 울음과 눈물들이 모여 한 권의 책이 되었다.

이 책은 꼭 자기계발서의 반대말 같다.

저자는 자신을 위해서 엄청난 에너지를 쏟아붓는데, 출세나 성공을 위해서가 아니라 조금이라도 더 나은 사람이 되기 위해 진력한다. 누군가 성공을 위해 잠까지 줄여가며 스펙을 쌓고 스스로를 단련하듯 저자는 집요하리만치 세상과 자신의 삶을 반추하고 또 반추한다.

어떤 나이 먹은 어른 연예인들은 여전히 특권처럼 방송에 나와 미성숙함을 즐기고 자랑하며 그것이 심지어 매력이 되는 세상에서, 이토록 집요하고 또 섬세한 어른 남자의 반성기는 그 자체로 가치가 충분하지 않을까.

그는 분명 훌륭한 어른으로 살아갈 것이다.

'고작 이 정도의 어른'밖엔 되지 못했다고 자책하는 한 실은 누구보다 나은 어른이 될 자질을 갖춘 것이기에.

적어도 오늘보다는 조금이라도 더 나은 사람이 되고 싶고 더 나은 삶을 살고 싶다는, 도무지 멈추어지지 않는 열망.

이렇게나 치열한 삶의 궤적을 나는 정말 오랜만에 보았다.

이석원, 『보통의 존재』 저자

고작
 이 정도의
 어른

1판 1쇄 **인쇄** 2022년 5월 2일
1판 1쇄 **발행** 2022년 5월 17일

지은이 남형석

발행인 양원석 **편집장** 차선화 **책임편집** 박시솔
디자인 남미현, 김미선 **영업마케팅** 윤우성, 박소정, 김보미

펴낸 곳 ㈜알에이치코리아
주소 서울시 금천구 가산디지털2로 53, 20층 (가산동, 한라시그마밸리)
편집문의 02-6443-8890 **도서문의** 02-6443-8800
홈페이지 http://rhk.co.kr
등록 2004년 1월 15일 제2-3726호

ISBN 978-89-255-7829-3 (03810)